コリーニ事件

フェルディナント・フォン・シーラッハ

67歳のイタリア人、コリーニが殺人容疑で逮捕された。被害者は大金持ちの実業家で、事務所を開いたばかりの新米弁護士ライネンは国選弁護人を買ってでる。だが、殺されたのはライネンの亡くなった親友の祖父だったと判明する。知らずに引き受けたとはいえ、少年時代に世話になった恩人を殺した男を弁護しなければならない——。苦悩するライネンと、被害者遺族側の辣腕(らつわん)弁護士マッティンガーが法廷で繰り広げる緊迫の攻防戦。そして裁判で明かされた、事件の驚くべき背景とは。刑事事件弁護士の著者が研ぎ澄まされた筆致で描く、圧巻の法廷劇！

登場人物

ファブリツィオ・マリア・コリーニ……元自動車組立工
カスパー・ライネン……弁護士
ジャン＝バプティスト（ハンス）・マイヤー……マイヤー機械工業元代表取締役
ヨハナ・マイヤー……その孫
フィリップ・マイヤー……ヨハナの弟
ケーラー……捜査判事
ライマース……上席検察官
リヒャルト・マッティンガー……弁護士
ホルガー・バウマン……マイヤー機械工業法律顧問
ヴァーゲンシュテット……法医学者

コリーニ事件

フェルディナント・フォン・シーラッハ
酒　寄　進　一　訳

創元推理文庫

DER FALL COLLINI

by

Ferdinand von Schirach

This edition is published by TOKYO SOGENSHA Co., Ltd.
Published by arrangement with Marcel Hartges Literatur- und
Filmagentur through Meike Marx Literary Agency, Japan.

コリーニ事件

われわれは
自分にふさわしい生き方をするように
できているのだ。

——アーネスト・ヘミングウェイ

ドイツの裁判では参審制が採用されている。参審制とは、一般市民から選ばれた参審員が職業的裁判官とともに裁判をおこなう制度であり、犯罪事実の認定や量刑の決定のほか、法律問題の判断もおこなう。参審員は事件ごとに選出されるのではなく、任期制となっている。(編集部)

1

あとになって、みんな、そのことを思いだすことになる。客室係、エレベーターに乗っていたふたりの初老の婦人、五階の廊下ですれちがった夫婦。みんな、大男だったと証言し、異口同音にいった。「汗臭かった」と。

コリーニはエレベーターで五階に上がった。部屋番号を順にたどる。四〇〇号室、ブランデンブルク・スイートルーム。彼はノックした。

「はい」男がドアを開けた。八十五歳なのに、思いの外若く見える。汗がコリーニのうなじを流れ落ちた。

「こんにちは、〈コリエレ・デラ・セーラ〉紙のコリーニです」

彼は口ごもってしまった。社員証の呈示を求められるのではないかと危惧した。

「ああ、ようこそ。どうぞ入ってください。インタビューはここでするほうがいいでしょう」

男は手を差しだした。コリーニは思わず身を引いた。男の体に触れたくなかった。今はまだ触りたくない。

「汗をかいていますので」そういってしまってから、コリーニは自分に腹を立てた。変に聞こえる。そんなことをいうものではない。そう思った。

「ああ、たしかに今日はひどく蒸しますな。もうじき雨になりそうだ」

年老いたその男は話を合わせてくれた。だがそれは嘘だ。客室は涼しい。空調は音が聞こえないほど静かだった。ふたりは客室に入った。ベージュの絨毯、暗色系の家具、大きな窓。すべてが高級で重厚だ。コリーニは窓からブランデンブルク門を見た。異様に近く見える。

二十分後、男は死んだ。四発の銃弾が後頭部を撃ち抜き、一発は脳内で跳ねて、頭の外に飛びだし、顔を半分吹き飛ばした。ベージュの絨毯が血を吸い、黒い染みがゆっくりと広がっていく。コリーニは拳銃をテーブルに置いた。床に横たわった男の傍らに立つと、男の手の甲の老人斑を見つめた。靴で死体をひっくり返す。

突然、コリーニは死者の顔を靴のかかとで踏みつけ、じっと見つめた。それからまた踏みつけた。そのうちやめられなくなり、何度も、何度も踏みつづけた。血と脳髄がズボンに跳ね、絨毯にかかり、ベッドの枠にこびりついた。法医学者は後日、踏みつけた回数を割りだすことができなかった。頬骨も、顎骨も、鼻骨も、頭蓋骨も、強い圧力を執拗に加えられたせいで砕けていた。

靴のかかとがはずれて、ようやくコリーニは踏みつけるのをやめた。ベッドに腰を落とす。顔が汗でびっしょりだ。心臓の鼓動がなかなか鎮まらない。立ち上がって十字を切ると、客室を出て、エレベーターで一階に降りた。靴のかかとがはずれていたので足を引きずり、靴から飛びだした釘が床の大理石に傷をつけた。

ロビーに着くと、コリーニは若い女のフロント係に向かって、警察を呼んでくれと頼んだ。フロント係は身振り手振りを交えて質問した。彼は「四〇〇号室であいつが死んでいる」としかいわなかった。横の電光掲示板には、「二〇〇一年五月二十六日午後八時、シュプレーの間、ドイツ機械工業連盟」と表示されていた。

コリーニはロビーの青いソファに腰かけた。

「なにかお持ちしましょうか」とボーイに声をかけられたが、返事をしなかった。彼はじっと床を見つめた。靴跡は一階の床からエレベーターにつづき、スイートルームまでたどることができた。コリーニは逮捕されるのを待った。彼は生涯待ちつづけ、つねに黙して語らなかった。

2

「刑事弁護ホットライン、カスパー・ライネン弁護士です」

電話の液晶画面にかけてきた刑事裁判所の電話番号が映っていた。

「ティーアガルテン区裁判所、ケーラー捜査判事です。こちらに弁護人のいない被疑者がいまして。検察局は殺人容疑で勾留申請をだしています。こちらの裁判所までおいでいただきたいのですが、どのくらいかかりますか？」

「二十五分ほどで行けます」

「いいでしょう。それでは四十分後に被疑者を引致させます。二一二号室においでください」

カスパー・ライネンは受話器を置いた。どれだけ多くの駆けだし弁護士が刑事弁護士会のホットラインに名前をのせていることか。リストに名を連ねた弁護士は、週末に携帯電話を支給され、待機していなければならない。警察、検察局、裁判官はその電話番号リストを渡されている。だれかが逮捕され、弁護士が必要になると、管轄当局はそのリストにある番号に電話をかける。駆けだし弁護士はそうやって最初の依頼人を見つけるのだ。

ライネンは弁護士になってやっと四十二日経ったところだ。第二次国家試験に合格したあと、アフリカやヨーロッパの各地を一年かけて放浪してまわった。たいていは寄宿学校時代の仲間のところに居候（いそうろう）した。玄関に表札をだしたのは二日前のことだ。「カスパー・ライネン弁護士」。すこし大げさな気もしたが、それでも悦に入った。二間からなるその事務所は、クアフュルステンダム大通りから横道に入ったアパートの奥まったところにあった。

エレベーターはなく、依頼人は狭い階段を上らなければならない。それでも、ライネンはその主（あるじ）であり、すべてが自分の肩にかかっていた。

それは日曜日の午前中だった。数時間前から、事務所の片付けをしていた。開封した段ボールがところ狭しと並んでいる。来客用の椅子は蚤（のみ）の市で手に入れたもの。スチール製の書類棚はまだがら空（あ）き。デスクは父親からプレゼントされたものだった。

捜査判事から電話をもらったあと、ライネンは上着を探した。上着は積み上げた本の下敷きになっていた。窓の取っ手にかけてあった真新しい弁護士用の黒いローブを手に取ると、アタッシェケースにつめて事務所を出た。電話をもらってから二十分後、捜査判事の部屋に着いた。

「ライネン弁護士です。こんにちは。お電話をいただいてやってきました」ライネンはすこし息があがっていた。

「ああ、ホットラインの。よく来てくれました。ケーラーです」捜査判事は立ち上がって、手を差しだした。年齢はおよそ五十歳。塩と胡椒（こしょう）をまぶしたような柄の上着、読書用眼鏡。人がよさそうで、すこし抜けているように見える。だがこれは見かけだけだ。

「案件はコリーニによる殺人事件です。先に依頼人と話しますか？　まだ検察官が着いていませんから。課長のライマース上席検察官がじきじきに来ます。週末だというのに。まあ、大事件ですからな。まず依頼人と話しますか？」

「ぜひ」ライネンはいった。そしてこの殺人事件のどこが大事件なんだろうと首をひねった。ライマースがじきじきに来るというのは、ただごとではない。そのとき、刑務官がドアを開けたので、ライネンは考えるのをやめた。部屋を出ると、すぐそこに狭くて急な石の階段があった。被疑者はその階段を使って、拘置所から捜査判事のところへ連れてこられる。階段の最初の踊り場の暗がりに、大きな男が立っていた。白壁に寄りかかり、たったひとつの照明を頭でほぼ完全に隠していた。男の両手は背中にまわされ、手錠をかけられていた。

刑務官はライネンをその踊り場まで連れていき、背後でドアを閉めた。ライネンはその男とふたりだけになった。

「こんにちは、わたしはライネンといいます。弁護士です」

踊り場はあまり広くなく、男との距離が近すぎた。

「ファブリツィオ・コリーニ」男はライネンをちらりと見ただけだった。「弁護士はいらない」

「いや、弁護士は必要ですよ。こういう事件では弁護士が弁護に当たらなければならない、と法律で決まっているのです」

「弁護してもらう必要はない」コリーニはいった。体に負けず、顔も大きい。広い顎、唇が薄く、額がせりだしている。「おれは、あの男を殺した」

「警察で自供しましたか？」

「いいや」

「では、黙秘したほうがいいでしょう。わたしは、これから調書を読みます。それから話し合いましょう」

「おれはなにも話したくない」ぼそっとぶっきらぼうにいった。

「イタリア人ですか？」

「ああ。だけど、もう三十五年ドイツで暮らしている」

「家族に連絡を取りましょうか?」

コリーニはライネンを見なかった。

「家族はいない」

「友だちは?」

「いない」

「では審議にのぞみましょう」

ライネンがドアを叩くと、刑務官が開けた。部屋にはすでにライマース上席検察官が来ていた。ライネンは簡単に自己紹介した。ケーラー捜査判事は、うずたかく積まれた書類の山からファイルをひとつ抜きだした。コリーニは小さな鉄格子の向こうのベンチにすわり、そのとなりに刑務官が立った。

「被疑者の手錠をはずしてくれたまえ」捜査判事はいった。刑務官が手錠をはずすと、コリーニは手首をこすった。ライネンは、こんなに大きな手を見たことがなかった。

「こんにちは。ケーラーです。わたしは今日、あなたの事件を扱う捜査判事を務めます」それから検察官を指した。「こちらはライマース上席検察官。あなたの弁護人はすでにご存じですね」捜査判事は咳払いすると、声の調子を変え、抑揚(よくよう)のない淡々とした口調で話した。「ファブリツィオ・コリーニさん、あなたは今日、殺人容疑で、検察から勾留状を請求されました。ドイツ語は充分わかりますか？」

コリーニはうなずいた。

「フルネームで名乗っていただきたい」

「ファブリツィオ・マリア・コリーニ」

「生年月日と出生地は？」

「一九三四年三月二十六日、ジェノヴァ近郊のカンポモローネ」

「国籍は？」

「イタリア」

「現住所は？」

「ベーブリンゲン、タウベン通り十九番地」

「職業は？」

「自動車組立工。ダイムラー社で三十四年間働いた。最後はマイスターになって、二年前、定年退職した」

「ありがとう」捜査判事は勾留状をテーブル越しにライネンに渡した。赤い紙の二枚綴り。まだ署名は入っていなかった。記載事項は殺人課の捜査報告からなっていた。捜査判事はそれを読み上げた。

〃ファブリツィオ・コリーニはホテル・アドロンの四〇〇号室でジャン＝バプティスト・マイヤーと会い、後頭部に銃弾を四発撃ち込んで射殺した。目下のところ自供していないが、凶器についていた指紋、当人の衣服および靴に付着した血痕、両手の硝煙反応、目撃者の証言にもとづき、犯行におよんだことが推定される〃

「コリーニさん、嫌疑の内容は理解できましたか？」

「はい」

「法の規定するところによれば、あなたにはこの内容に関して弁解する自由があります。黙秘する場合、それがあなたの不利になることはありません。あなたは証拠調べを請求することができます。たとえば、証人を指名するなどです。また常時、弁護士に相談することができます」

「なにもいいたくない」

ライネンはまたコリーニの両手に視線を向けた。

ケーラー捜査判事は裁判所書記官のほうに顔を向けた。

「打ち込んでくれたまえ。被疑者に弁解する意志なし」それからライネンに向かっていった。「弁護人、被疑者についてなにかいうことはありますか？」

「いいえ」ライネンも、今なにかいっても意味をなさないことはわかっていた。

捜査判事は椅子をまわして、コリーニのほうを向いた。

「コリーニさん、わたしは、たった今朗読したあなたに対する勾留状を発付します。あなたは、わたしの判断に対して異議を申し立てることも、勾留の是非を決めるために勾留審査を請求することもできます。弁護人と相談してください」

捜査判事はそういいながら勾留状に署名し、ライマース上席検察官とライネンをちらっと見た。

「なにか申し立てることは？」捜査判事はたずねた。

ライマースはかぶりを振って、ファイルを閉じた。

「あの、捜査資料の閲覧を申請したいのですが」ライネンはいった。

「調書に残します。他になにか？」

「口頭による勾留審査を請求します」

「それも調書に残します」

「それから、被疑者の国選弁護人になることを申請します」

「もう申請するのですか？　まあ、いいでしょう。検察に異議はありますか？」捜査判事はたずねた。

「いいえ」ライマースはいった。

「ではこうしましょう。ライネン弁護士を、本訴訟手続きにおける被疑者ファブリツィオ・コリーニの国選弁護人に選任する。それで全部ですか？」

ライネンはうなずいた。裁判所書記官はプリントが終わった紙を一枚取って、ケーラー捜査判事に渡した。捜査判事はざっと目を通してからライネンに差しだした。「本審議の調書です。依頼人に署名をしてもらってください」

ライネンは立ち上がって文面を確かめ、被疑者の前の鉄格子にネジ締めしてある木製のボードにその紙を置いた。ボールペンは細いひもでそのボードにつないであった。コリーニはそのひもを切ってしまい、すみませんとぼそっといってから署名した。ライネンはその紙を捜査判事に返した。

「今日のところはここまで。刑務官、コリーニさんを拘置所にもどしてください。では、みなさん、さようなら」捜査判事はいった。刑務官はコリーニに手錠をかけると、いっしょに部屋から出ていった。ライネンとライマースは立ち上がった。

「ああ、ライネン弁護士」捜査判事はいった。「すこしいいですか」

ライネンはドアのところで振り返った。ライマースはそのまま部屋を出た。

「あなたの依頼人の前では、訊くのがはばかられたのですが、弁護士になってどのくらいになりますか？」

「一ヶ月くらいですが」

「勾留状の発付に同席するのは、はじめてですか？」

「はい」

「そうだろうと思いましたよ。では、ひとつ頼みたいのですが、この部屋を見回してください。傍聴人はいますか？」

「いいえ」

「そのとおりです。ここに傍聴人はいません。これまでも、ここに傍聴人がいたためしはないし、今後もないでしょう。勾留状の発付と勾留審査は、非公開なのです。ご存じとは思いますが？」

「……はあ……」

「では、なぜわたしの部屋にローブを着てこられたのです？」

捜査判事は、ライネンが面食らっているのを楽しんでいるようだった。

「まあいいでしょう。ではまた。弁護の成功を祈ります」捜査判事は、書類の山から次のファイルを抜きだした。

「失礼します」

ライネンはそう小声でいったが、捜査判事は答えなかった。

ドアの前で、ライマースがライネンを待っていた。

「ライネン弁護士、火曜日にわたしの課へ捜査資料を受け取りにきてください」

「ありがとうございます」

「司法修習生のとき、うちの検察局に来ていませんでしたか?」

「はい、二年前に。最近、弁護士業務の認可を受けました」

「覚えていますよ。さっそく殺人事件の担当とは、めでたいですな。弁護側に勝ち目はないですがな……しかし、どこかではじめなければなりません」

ライマースは別れを告げると、別の棟に通じる廊下に姿を消した。ライネンはゆっくりと玄関に向かった。ようやくひとりになれて、うれしかった。扉飾りの石膏(せっこう)レリーフが目にとまった。己(おのれ)の血でひなを育てるために、胸を嘴(くちばし)でつつく白いペリカン。自己犠牲の象徴だ。ベンチに腰かけると、もう一度、勾留状を読み、タバコに火をつけて、足を伸ばした。

ライネンはずっと前から刑事弁護人になりたいと思っていた。司法修習生時代に、大きな経営コンサルタント会社で働いた。司法試験に合格すると、四つの法律事務所から声がかかった。しかし、どこにも面接を受けにいかなかった。ライネンは大きな法律事務所でその他大勢のひとりになりたくなかったのだ。そういう事務所では、若い弁護士は銀行員のように見える。みんな、司法試験で群を抜いた成績をあげ、身の丈に合わない高級車を購入する。そして依頼人に一番高い請求書をだした者が勝者となる世界。その世界の住人は再婚を経験し、週末にはカシミアのセーターとチェック柄のズボンに身を包む。数字、監査役のポスト、連邦政府とのコンサルタント契約、果てしない数の会議室、空港のラウンジ、そしてホテルのロビー、それが彼らの世界だ。そこの住人にとって、裁判で負けることは、天地がひっくり返るような破局だ。だから裁判官は危険な存在とみなされている。しかしカスパー・ライネンは、まさにその危険と向き合いたかったのだ。ローブを着て、依頼人の弁護に立つ。そして今、彼はそういう弁護人になれたのだ。

3

カスパー・ライネンは、日曜日の残りをブランデンブルクの湖の畔で過ごした。夏のあいだ、そこに小さな家を借りていた。小さな栈橋に横たわって、まどろみながら、湖面を行き交う小型ヨットやウィンドサーファーを眺めた。帰りにもう一度、自分の事務所に寄った。留守番電話に十件の録音が入っていた。

「こんにちは、カスパー。ヨハナよ。電話をちょうだい」そして彼女は電話番号をいった。それだけだった。段ボールの山に囲まれた床の上に、置きっぱなしの電話があった。そのわきにしゃがみこむと、再生ボタンを何度も押し、頭を壁に預けて目を閉じた。小さな部屋のなかは息が詰まった。ここ数日、ベルリンは空気が淀んでいた。

ヨハナの声は昔と変わっていなかった。柔らかで、すこしのんびりした感じがある。ふいに記憶が蘇った。バイエルン州のロスタールにある古いマロニエの木立と、その下の明るい緑地、夏の香り。彼はそのとき、まだ少年だった。

†

ふたりは養苗場（ようびょうじょう）の平らな屋根の上に横たわり、空を見上げていた。屋根に張ったタールの厚紙はぽかぽかしていた。ふたりは上着を丸めて枕にした。

フィリップがいった。

「ウルリケとキスしたよ。ほら、パン屋の子」

「それで？」カスパーはたずねた。「その先は？」

「ふふふ」そう笑っただけで、フィリップはなにもいわなかった。

冷やした紅茶を入れた魔法瓶が、ふたりのあいだに置いてあった。魔法瓶は色あせた籐（とう）製の筒に収まっていた。フィリップの祖父がアフリカから持ち帰ったものだ。

屋敷のテラスから、料理番のおばさんがふたりの名を呼んだ。それでも、ふたりは横たわっていた。フィリップの曾祖父が植えた木立の陰。そこに入っていると、すべての時間がゆっくり流れる。そういう晩夏の午後だった。このままだと、女の子と絶対にキスできないな、とカスパーは思った。当時十二歳、フィリップとボーデン湖の畔にある寄宿学校で学んでいた。

カスパーは、長期休暇のとき家に帰らずにすむのがうれしかった。父は遺産相続した森をバイエルン州に持っていた。そこの収入で充分暮らしていけた。父はその森にある十七世紀に建てられた薄暗い林務官屋敷にひとりで住んでいた。四方の壁は厚く、窓が小さく、暖房は暖炉だけだった。壁のいたるところに鹿の角や鳥の剝製（はくせい）がかけてあった。カスパーは幼い頃、いつもこの家のなかで凍えていた。夏になると、家と父は柔らかいリコリス菓子（ラクリッツ）のにおいがした。それは猟銃を掃除するときに使うバリストルオイルのにおいだった。バリストルオイルはさまざまな治療にも使われた。怪我にすりこみ、歯痛を起こしたときにも患部に塗った。すこしでも咳をしたが最後、カスパーはこのオイルをたらした湯をグラス一杯飲まされた。家にあった唯一の雑誌は〈野生動物と猟犬〉だった。カスパーの両親が結婚したのは、大いなるまちがいだった。結婚して四年目、母は離婚届けを提出した。「おれがゴム長靴をはいて歩きまわるのが気にくわなかったんだ」と父はあとになって愚痴（ぐち）をこぼした。母は別の男と懇（ねんご）ろになった。家では、その男は「成金」と呼ばれていた。森から得られる一年間の収入よりも高い腕時計をしていたからだ。母はその新しい男とシユトゥットガルトに移り住み、子どもをふたりもうけた。カスパーは父の林務官屋敷に残った。十歳のときのことだった。

「さあ、そろそろもどろうか」フィリップはいった。「おなかが減った」

ふたりは屋根から降りて、母屋まで歩いた。

「あとで泳がないか?」フィリップはたずねた。

「釣りがしたいな」カスパーはいった。

「そうだね。釣りのほうがいいや。釣れた魚を焼いて食べられるものな」

呼ぶ声がとどかないほど遠くへ行くなんて困ったものだ、と料理番のおばさんに小言をいわれたが、そのあとふたりは、バターを塗ってハムをはさんだ長いパンをもらった。ふたりはいつものように調理場で食べ、二階に上がってフィリップの両親といっしょに食事しようとはしなかった。カスパーは調理場のほうが好きだった。そこにはたくさんの白い引き出しがあって、黒い字で塩、砂糖、コーヒー、小麦粉、キャラウェーというふうに書かれていた。朝、郵便配達人がやってくると、いっしょに食卓を囲む。二階にいるフィリップの両親にとどける前に、みんなで手紙を仕分け、葉書を読んだ。

フィリップは二日に一度、午後に学校の補習を受けなければならなかったので、そういうときカスパーはフィリップの祖父、ハンス・マイヤーの書斎へ遊びにいった。ふたりはよく、古めかしいチェス盤で対局した。マイヤーは根気よく付き合ってくれた。ときどき勝たせてもくれた。そしてカスパーは、勝つと、お小遣いがもらえた。

ハンス・マイヤーはそのときまだ、同族企業のトップを務めていた。マイヤー機械工業を一八八六年に創業したのは彼の祖父だった。第二次世界大戦後、ハンス・マイヤーがその会社を世界的企業に育て上げた。会社はもっぱら工作機械を製作していたが、外科手術用の器具やプラスチック製品や段ボール箱の製造にも手を広げていた。

二十世紀のはじめ、ハンス・マイヤーの父は郊外の広大な湿地帯を買い取った。建築家と造園業者をベルリンから呼びよせ、湿地を干拓し、遊歩道や砂利道、森の小径(こみち)を配した庭園を造営した。そこには芝生も、舶来の樹木も、マロニエの木もあった。敷地を流れていた何本かの小川はせき止められて、三つの池になり、一番大きな池には人工の島まで作られ、中国風の空色の橋がかけられた。庭園にはさらに、赤い加工土のテニスコートや、屋外プール、養苗場、ゲストハウス、お抱え運転手の家族が住む家まであった。庭園のはずれには、ライラックの小径でつながっている、鉛ガラスの温室があった。母屋は一九〇四年、小高い丘の上に建てられた。幅広い外階段を上がると、四本の円柱が立つ石を敷きつめたテラスになる。屋敷には部屋が三十室もあり、車六台分のガレージが併設されていた。それでもその屋敷はまわりの風景によく溶け込んでいた。窓の鎧戸(よろいど)は深緑色に塗られていて、それで家族の者たちはこの屋敷を「緑の館」と呼んだ。この命名は言い得て妙だった。屋敷の壁の片面が蔦(つた)でびっしりおおわれていたし、裏手には大きなマロニエの老樹が八本並んで立っていたからだ。夏の週末、暮れなずむ頃になるときまって、家族の者たちはそのマロニエの木陰に集ったものだ。

ロスタールでまともに子どもたちの相手をしたのは、ハンス・マイヤーひとりだけだった。彼は釘を使わずにツリーハウスを作る方法や、よく肥えたミミズのいる場所を子どもたちに教えた。またフィリップとカスパーに白樺の握りがついたナイフを贈って、パイプのカーボンを削る掃除の仕方を教えてくれたこともある。だが子どもたちは、夜中にそのナイフで押し込み強盗と対峙するところを想像して胸を躍らせた。それは、フィリップとカスパーがのびのび過ごすことのできた最後の夏だった。大人たちはふたりをほったらかした。ふたりは時間を忘れて過ごした。ふたりが心配したことといえば、魚に嚙まれるのではないだろうかとか、女の子がキスをしてくれないのではないだろうかとか、その程度のことだった。

四年後、カスパーはフィリップの姉ヨハナと知り合った。フィリップとカスパーは長期休暇になると、きまってロスタールで過ごすようになっていた。カスパーはクリスマスのときも、冷え冷えした父の家よりもここのほうがずっと居心地がいいと思っていた。その年はクリスマスの二週間前に雪が降り、クリスマス当日には、除雪した庭園の小径がまるで迷路のように見えるほど雪が降り積もっていた。フィリップとカスパーはそのとき、エントランスホールにある大きな暖炉の前にいた。

愛犬が三頭、石の床に寝そべっている。犬は二階に上がることを禁じられていたのだ。フィリップは屋根裏のタンスで見つけた、胸元に大きなワッペンのついた黄色いバスローブを着ていた。フィリップとカスパーは祖父の葉巻をくゆらし、暖炉の火を見ながら、これからの数日をどう過ごすか計画を立てている最中だった。

お抱え運転手フランツがミュンヘン空港までヨハナを迎えにいっていた。ヨハナは横の玄関からエントランスホールに入ってきたので、フィリップからは見えなかった。

カスパーが立とうとすると、ヨハナは首を横に振って、人差し指を口に当てて、そっとフィリップの椅子のうしろに忍び寄るなり、目をふさいだ。

「だれだ？」ヨハナはたずねた。

「さあ、だれかな」フィリップはいった。「いや、待てよ、ひどくざらざらの手だ。ふとっちょのフランツだろう」

フィリップは笑って、ヨハナの手を顔からはずすと、椅子をまわりこんで、姉を抱きしめた。

「とってもすてきなバスローブね、フィリップ」ヨハナはいった。「まっ黄色だなんて……」

それからカスパーのほうを向くと、ヨハナはじっと見つめて微笑み、静かにいった。
「カスパーね」
カスパーは赤くなった。ヨハナが頬にキスをしようと前かがみになったとき、白いブラジャーが見えた。ヨハナの頬はまだひんやり冷たかった。彼女はフィリップと同じように背が高くて、痩せていた。けれども、フィリップだとのろまな印象を与えるのに、ヨハナだとエレガントに見える。瞳は褐色で、眉骨（まゆぼね）が高い。そこは弟と同じだが、透き通るように白い顔に浮き立つ口元は柔らかく、それでいて皮肉っぽい笑みを浮かべるところがあった。ヨハナはカスパーよりすこし年が上なだけだったが、すでに大人で、近寄りがたい存在だった。

それからの二日間、ヨハナは四六時中、イギリスにいる友だちのところに電話をかけた。彼女の笑い声が家じゅうに響き渡った。父親は、電話がかけられないといって文句をいった。ヨハナが旅立つと、家にぽっかり穴が開いた。けれども、そのことに気づいたのは、カスパーだけだったようだ。

その次の夏、フィリップははじめて自動車を買ってもらった。白いシートの赤いシトロエン2CV（アヒル）だ。大学入学資格試験前に遊べた最後の長期休暇だった。夏休みの前半、フィリップとカスパーはいつものようにマイヤー機械工業のベルトコンベアでアルバイトをし、稼いだ金を休みの後半に使いはたした。ふたりはブレンナー峠を越えて、ヴェネツィアまでドライブした。フィリップの曾祖父は一九二〇年代に、ヴェネツィアのリド島に建つアールヌーヴォー様式の屋敷を買っていた。美術館や教会をひととおり見学すると、毎日が同じことの繰り返しになった。ラグーンにヨットを浮かべ、テニスに興じ、午後は海辺のカフェやホテルのテラスで憩(いこ)い、波止場に長い影を落とす緑の木陰で横になった。日が落ちると、水上バスに乗ってヴェネツィアへ繰りだす。大運河の北に広がるカンナレージョ地区の居酒屋(バール)に入ったり、夜の路地を気ままにそぞろ歩きしたりした。帰宅するのはたいてい夜明け間近だ。寝不足のふたりはそのまま一時間ほどテラスにすわり、カモメの鳴き声に耳を傾ける。ふたりにはなんの不自由もなかった。

　夏休みが終わる頃、ヨハナがロンドンからやってきて、一週間いっしょに過ごした。そして旅立つ日、彼女はひとしきり水泳を楽しんだあと、カスパーの横に両ひじをついて寝そべった。髪が顔にかかっていた。彼女はふいにカスパーの上にかがみこんで、じっと見つめた。カスパーは目を閉じた。ヨハナのぬれた髪が額にかかった。彼女が唇を重ねてきた。ふたりの歯がぶつかった。

「やだ、そんなにまじまじと見ないで」

ヨハナはそういって、笑いながらカスパーの目の上に手を置くと、さっと駆けだし、海へ向かって走りながら振り返って叫んだ。

「ねえ、いらっしゃいよ」

もちろんカスパーはついていかなかった。ただ彼女のうしろ姿をじっと目で追うだけだった。青く明るい海辺の日々。あれほど幸福を感じたことはなかった。

それからちょうど一年後、フィリップとカスパーは大学入学資格試験を受けた。フィリップの両親は試験終了のパーティのあと、寄宿学校に息子を迎えにきた。ロスタールに入る直前の最後のカーブで、木材運搬車が斜めに止まっていた。野道から狭い道路に出ようとしているところだった。フィリップたちの車は木材運搬車の下に突っ込み、ルーフが材木で吹き飛ばされた。フィリップは首がもげてしまい、両親は路上で血だらけになって死んだ。

葬儀はロスタールで執（と）りおこなわれた。教会で司祭はいった。フィリップはいい息子であり、いい孫だった。すばらしい未来が待っていたはずだった、と。柩（ひつぎ）は蓋（ふた）が閉めてあった。司祭はその理由をいわなかった。フィリップの遺体は首がつながっていなかったのだ。司祭は紫色の読書用眼鏡をかけていた。参列者の前に立つと十字を切り、よりよき世界が来ますようにといった。カスパーは気分が悪くなった。ミサが執りおこなわれているあいだ、教会から出た。外では柩を置く台の前に、喪服を着た墓掘り人たちが立っていて、タバコを吸いながら談笑していた。彼らの生き生きしていることといったら。カスパーに気づくと、墓掘り人たちはタバコを地面に捨てて踏み消した。カスパーは彼らの邪魔をしたくなかったので、墓地に入って、礼拝堂へ向かった。大理石のベンチに腰かけると、その薄暗がりから葬儀のようすを眺めた。

ハンス・マイヤーは息子と嫁と孫を葬った。身を硬くして墓穴の傍(かたわ)らにたたずみ、ヨハナに支えられていた。それから四時間にわたって悔やみの言葉を受け、声をかけてくれたひとりひとりと親しげに言葉を交わした。それから帰宅すると、彼は書斎に閉じ籠もった。ヨハナは、葬儀が済むと、その足で空港へ向かった。だれとも話したくなかったのだ。

カスパーはその晩、ハンス・マイヤーの書斎を訪ねた。以前のようにチェスをしないかと誘った。ふたりは黙々と対局した。ハンス・マイヤーは途中で打つのをやめた。窓を開け、照明のともった庭園を見つめた。

「あれはまだ幼い頃だった。たしか八歳か九歳のときだ」彼は振り返ることなく話しつづけた。「赤と青の縦縞(たてじま)模様のシャツを持っていた。蛍光色のようにきらきらしていた。どういう素材だったかは覚えていない。おじがイタリアから持ってきてくれたものだった。

そのおろしたてのシャツを着て、わたしは毎日のようにそこで過ごしていた。馬がとても好きだったんだ。牧草地に母の障害用競走馬がいた。神経質な馬だった。競技で何度も優勝していて、数年後にはオリンピックに出られると母は期待していた。わたしはただその馬をなでたいと思ったんだ。よくそうしていたからね。だが本当のところはどうだったか覚えていない。とにかく、馬はわたしを見るなり、斜面を駆け上がり、牧草地の柵にぶつかった。馬はおどろいたんだ。左の前足を折ってしまい、苦痛にもだえていなないた。馬は悲愴な鳴き声をあげることができる。あんないななきを聞くのははじめてだった。わたしは耳をふさいで、その場から駆け去った。午後、林務官がやってきて、かわいそうな馬を撃ち殺した」

ハンス・マイヤーは向き直ってさめざめと泣いた。しかし声はふるえていなかった。

「その夜、わたしは父の書斎に呼ばれた。このデスクの前、ちょうど今、きみがすわっているところに腰かけた。当時、両親は子どもたちとほとんど言葉を交わさなかった。わたしは父を愛していたが、恐れも抱いていた。『おまえのせいで馬が死んだ。若死にだった。これからは自分のすることにもっと注意を払いなさい』と父にいわれた。『若死にだった』父は本当にそういった。わたしは罰せられなかった。最後に、『馬が死んだことを胸に刻め』といわれた。……それから数日して、馬は庭園の奥にある湖の畔に葬られた。もちろん馬そのものではない。蹄だけだった」

「知っています。フィリップがその場所を教えてくれましたから」カスパーは心を許した友である老人を見た。「でも、おじいさんのせいじゃなかったはずです」

「どうしてだね？」

「おじいさんのシャツにおどろいたはずがありません。馬は色の区別がつかないからです。馬の目には黒と白しか映らないんです」

ハンス・マイヤーは安楽椅子のひじかけに腰かけて微笑んだ。

「カスパー、そういってくれるのはうれしいが、それはちがう。赤と青の区別はつくんだ」

ハンス・マイヤーは手の甲でまなじりをこすった。窓辺にもどると、両開きの窓を開け放ち、窓枠に寄りかかった。カスパーは立ち上がって傍らに行った。ハンス・マイヤーは振り返り、カスパーの腕を取っていった。

「ひとりにしてくれないか」

翌朝、カスパーは家に帰った。車の助手席には、古いチェスのセットがあった。

兵役に就いて無為に時を過ごしたあと、ライネンはハンブルク大学で法学を専攻した。

フィリップが死んでから、彼は人が変わった。物静かになり、まわりの世界に馴染めなくなった。自分が自分でないような感覚まで味わうこともたびたびあった。ライネンは自分を外から観察し、あたかもリモコンで操作するように体を動かした。そのときから、父親の闇を身に受け継いだと思った。

ライネンは葬儀のあと、一度だけロスタールを訪ねている。友が死んでから四年後、ヨハナの結婚式に招待されたのだ。ヨハナは二十歳も年上のイギリス人と結婚した。相手はケンブリッジ大学トリニティ・カレッジの教授だった。眉の白い、穏和な人物だった。みんなが、話し上手でチャーミングだと新郎を誉めそやした。ライネンは結婚式が済んだあと、教会の前でヨハナに挨拶した。ヨハナは彼の耳元でささやいた。

「フィリップがいなくてとってもさびしいわ」

そして彼の頬をなでた。

ライネンはヨハナの腕を取り、手のひらにキスをした。その間際、いつかヨハナと自分が救われるときが来ると思った。

†

それから六年後の今、ライネンは自分の小さな部屋から彼女の番号に電話をかけた。呼び出し音が一度鳴るなり、彼女は受話器を取った。

「やあ、ヨハナ」

「いつまで待たせるの。さっきからずっとかけていたのよ。わたし、あなたの携帯電話の番号を知らないから。ねえ、カスパー、どうしてなの？」

ライネンは面食らった。彼女の声は怒りをあらわにしている。

「なんのことだい？」

「どうしてあんな奴の弁護をするのよ？」

ヨハナは泣きだした。

「ヨハナ、落ち着いてくれ。なんのことかわからないんだけど」

「新聞にのっているわよ。あなたは例のイタリア人の弁護を引き受けたんでしょう」

「えっ……待ってくれ……ちょっと待ってくれないか……」

ライネンは立ち上がった。アタッシェケースはデスクに置いたままだ。勾留状を書類のあいだから抜きとった。

「ヨハナ、ここにちゃんと書いてある。あの男が射殺したのは、ジャン＝バプティスト・マイヤーという人物だ」

「しっかりして、カスパー。ジャン＝バプティストは本名だけど、通り名はちがうでしょう」

「なんだって?」

「あなたはわたしの祖父を殺した犯人を弁護するのよ」

ハンス・マイヤーの母はフランス人だった。それで、息子のことを洗礼者ヨハネにちなんでジャン＝バプティストと名付けたのだ。しかし本人は、同世代の多くの人々と同じように、そういう発音しづらい名を嫌った。フリードリヒはフリッツ、ラインハルトはライナー、ヨハネスはハンス。みんな、彼のことをハンス・マイヤーという名でしか知らなかった。名刺にもそう印刷してあった。

ライネンははじめて実感をもって事件の被害者を思い描いた。ハンス・マイヤー、ホテルの客室での射殺、血の海、警官、立入禁止のテープ。ライネンは床にしゃがんだまま、壁に寄りかかった。父がくれたデスクは傾いでいた。脚が一本、短かったのだ。

4

いつものことで、報道機関に情報を流したのがだれかは、わからずじまいだった。検察局は、警察内部に情報提供者がいるとにらんだ。情報が微に入り細をうがっていたからだ。ベルリン最大の大衆紙が日曜日の夕刊の一面で〝高級ホテル殺人事件〟と煽(あお)った。犯人の名を知る者はいないが、被害者は名士だ。ドイツでもっとも裕福な男のひとり、ハンス・マイヤー。「マイヤー機械工業」の大株主であり、元代表取締役。ドイツ連邦一等功労十字章の受勲者(じゅくんしゃ)。

新聞編集部はさらなる情報をもとめて、文書館をあさり、古いニュースを洗った。ジャーナリストたちは犯行の動機に想像をめぐらせた。たいていの者が、経済犯罪がらみではないかと臆測したが、確かなことはだれにもわからなかった。

博士号を持ち、大学教授でもあるリヒャルト・マッティンガー弁護士は、バスローブ姿のまま足を広げてソファにすわり、妻のことを考えていた。二十年ほど前、ヴァンゼー湖(こ)畔(はん)のこの物件を探してきたのは彼女だった。ドイツ再統一の八年前、当時の土地代は笑ってしまうほど安価だったし、新しく家族をもった人々はどちらかというと古い建物を好んだ。妻は先見の明があった。不動産の価値はこの十年で数倍にもはね上がった。ところが家を建ててまもなく、妻は他界した。以来、マッティンガーは家の改装を一切拒んできた。バスローブははだけていた。胸毛が白い。マッティンガーは愛人のするがままになっていた。ウクライナ人のとても若い娘だ。彼女は毎日なにかというと、心底愛しているという。マッティンガーにはどうでもいいことだった。こういう関係はギブ・アンド・テイクであることを、彼は重々承知していた。後腐れなく付き合うには、そういう関係のほうが好都合なのだ。マッティンガーは六十代半ばだが、いまだにハンサムでしゃっきりとしていた。左腕は、第二次世界大戦末期、八歳のときに手榴弾(しゅりゅうだん)でひじから下を吹き飛ばされていた。一番目立つのは彼の瞳だ。深い青色で、眼光が鋭かった。

電話の呼び出し音が九回鳴った。彼の自宅の電話番号を知っている者はごくわずかだ。しかも日曜日の午後にかけてくるとは、よほど急用なのだろう。彼が受話器を取ると、足のあいだにしゃがみこんでいた愛人が顔を上げ、微笑みながら、つづけていいか問いかける表情をした。マッティンガーは気持ちを切り替えて、集中する必要があった。耳元の受話器を肩で押さえると、サイドテーブルから紙の束を引き寄せ、電話で話しながらメモを取りはじめた。受話器を元にもどすと、彼は立ち上がってバスローブを羽織り直し、愛人の頭をなでてから、なにもいわずに書斎に入った。

三十分後、マッティンガーはお抱え運転手を呼んで事務所へ向かった。移動中に、雇っている若い弁護士たちに電話をかけ、事務所に招集した。

マッティンガーは一九七〇年代、シュタムハイムのドイツ赤軍派裁判で脚光を浴びた。彼が弁護に立つだけで、メディアが注目した。そのとき、ある週刊誌が彼について記事を掲載し、〝卓越した知性の持ち主〟と絶賛した。あれは被告人の権利が本当に問われる訴訟だった。刑事訴訟法の歴史のなかで、おそらくはじめてのことだったろう。大学紛争がはじまったばかりの頃、大方の人は、民主主義が危機に陥っていると思った。テロリストは国家の敵であるとみなされていた。当時もっとも話題になったこの訴訟に判決が下されるよりも先に、被告人たちのために刑務所が建てられ、法律が改正された。弁護人は裁判官に食ってかかり、被告人たちはハンガーストライキを決行し、裁判長が偏見を抱いていると糾弾(きゅうだん)されて、その任を解かれた。

法廷は戦場さながらの場所だ。弁護士たちは戦い方を学び、自意識を持つようになり、正義は公正な審理を通さないかぎり生まれないことを以前にも増して自覚するようになった。しかし弁護士の多くにとって、それは過重なことだった。依頼人に寄り添いすぎ、一線を越えて、自ら犯罪者になってしまった者もいる。怒りゆえに生まれた悲劇だ。

マッティンガーはちがっていた。テロリストを代弁し、彼ら自身にもできないくらい明晰かつ効果的に論陣を張ったと世間から評価されたが、それは的を射ていない。もちろんマッティンガーも何度かデモに参加したことがある。学生運動のリーダーたちとも面識があった。しかし彼らの主張を聞くたびに背筋が寒くなった。じつをいえば、マッティンガーが信奉しているのは法律だけなのだ。彼は法治国家を信じていた。

以来、弁護に立った訴訟手続きは二千件におよぶ。殺人事件の裁判では負け知らずで、終身刑を言い渡された依頼人はひとりもいない。しかし時が経つにつれ、顧客の顔ぶれに変化が生まれた。はじめの頃は投機筋や建設業者が相談に来た。それから銀行家や会社社長や由緒ある旧家が依頼してくるようになった。麻薬密売人や暗黒街のボスや殺人犯の弁護をしなくなって久しい。マッティンガーは法律ジャーナルなどに論文を寄稿し、法律関係の複数の団体の会長を務め、ドイツ最古の判例注釈書の共同編集人であり、ベルリンのフンボルト大学の客員教授でもあった。直接法廷に立つことはめったになくなり、依頼人に対する訴訟はたいていの場合、公判の準備前に高額を支払うことで検察局による捜査が中止される。マッティンガーは今でも法治国家を信じていたが、戦いには負けたと思っていた。夜中に空港で足止めを食ったときなど、たまになにか忘れてきたように感じることもあったが、なにが足りないのか考えてみようとはしなかった。

事務所に着くと、マッティンガーはさっそく殺人課に電話をかけた。もちろん課長とは面識がある。状況をおおよそ把握できるだけの情報を入手した。二時間後、マイヤー機械工業の法律顧問ホルガー・バウマンに電話をかけた。マッティンガーと事務所の若手弁護士は、大きな面談室に集まり、ハンズフリーに設定した固定電話で法律顧問のバウマンと話し合った。バウマンはいった。

「コンツェルンの従業員は世界じゅうで四万人におよび、成長率は毎年、業界平均を超える四パーセントを維持し、今、会社の歴史上最大の合併交渉を進めているところだ。先の代表取締役で、大株主のハンス・マイヤーが殺害されたとなれば、交渉が決裂する危険もある。会社の名が新聞にのるのは致命的だ」

バウマンは数年前に起きた子会社の収賄（しゅうわい）事件を話題にした。重役の弁護を担当したので、マッティンガーも事情は承知していた。

「当時も新聞に都合の悪い記事がのった」とバウマンはいった。

バウマンはいらいらしていた。マッティンガーは、前から彼が気に入らなかったことを思いだした。

「社内では、なぜ殺されたのかわかる人間はだれもいない」バウマンはつづけた。「御大（おんたい）はかつての代表取締役だったが、今回の事件はコンツェルンとなんの関係もないはずだ」

マッティンガーはおどろいた。事件が起こってからまだ数時間しか経っていない。それなのに、どうしてそう言い切れるのだろう。

現代表取締役は、この訴訟手続きでマッティンガーが会社の代理人になることを望んでいるという。マッティンガーはバウマンに説明した。

「公訴参加制度で代理人を指名できるのは親族だけだ。民事弁護士のほとんどはそのことを知らないだろうが、法律でそう決まっている」

バウマンは手配すると約束した。それから一時間後、殺された被害者の唯一の遺族、ロンドン在住のヨハナ・マイヤーからファックスがとどき、マッティンガーのデスクに置かれた。

マッティンガーは、最善を尽くす、とヨハナ・マイヤーに約束した。翌日、検察官と話をし、関係者全員に公訴参加を通知することになった。彼に雇われた若手弁護士が自分の部屋で必要書類を作成した。

夜の十一時頃、マッティンガーは帰宅した。愛人はすでに、いつもの客室で眠っていた。キッチンで水を入れたグラスに氷を浮かべると、マッティンガーは庭に出た。刈り取ったばかりの草のにおいがする。ネクタイをほどき、シャツのボタンをはずす。夜中だというのに、まだ空気は生暖かい。冷たいグラスを額に当てた。翌日の午後三時、ミュンヘンで緊急役員会が招集される。それまで、答えは得られないだろう。というより、なにを質問すればいいかもまだわかっていなかった。

5

コリーニに勾留状が発付された夜、ライネンは申立書をしたためることに時間を費やした。彼は自宅のキッチンテーブルにすわっていた。教科書や判例注釈書が目の前に開いてあった。テーブルには小さな白黒テレビがのっている。普段から音を消してつけていた。夜の十時半のニュース番組で、はじめて被害者ハンス・マイヤーに関する短い映像が流れた。映像には簡単なテロップがついているだけだった。ハンス・マイヤーと初代西ドイツ連邦首相コンラート・アデナウアー、ハンス・マイヤーとルートヴィヒ・エアハルト首相、ハンス・マイヤーとヘルムート・コール首相。アナウンサーは動機が不明で、検察局が目下捜査中だと伝えた。つづいてホテル・アドロン、拘置所、殺人課のオフィスがある警視庁が映され、殺人容疑で逮捕された男はイタリア国籍だ、と報道された。

朝の五時、ライネンは申立書を一度プリントアウトし、七時に書類を完成させた。なかなかいい文章になった。しかし、これが認められるかどうか心許ない。コリーニの弁護人を解任するように求める申立書。裁判所から国選弁護人の任を解いてもらうつもりだったのだ。

七時半、ライネンは自宅を出た。雨模様だった。空気が冷たく、身が引き締まる。キオスクでありったけの新聞を買い求めた。ほとんどの新聞が、マイヤー殺人事件を第一面で大きく扱っていた。

ライネンが三階に住むアパートの一階に、パン屋が店をかまえていた。パン屋といえば聞こえはいいが、百軒以上ある同じチェーン店と見た目も変わらず、焼くだけのできあいのパン生地が配送されてくる小さな店だ。パン屋の主人は肥満体で、赤ら顔で、手が小さく、指を伸ばすと指関節の部分がぺこんとへこむ。動きはおどろくほど機敏だが、カウンターの奥の狭い通路に太った体をもてあましていた。腹がカウンターをこすり、そこだけパンくずが払いのけられる。主人はいつも木製の古ぼけた椅子を三脚、店の前に並べていた。ライネンは夏になると毎朝、舗道に置かれたその椅子に腰かけ、コーヒーをすすりながら、出来の良くないクロワッサンをひとつかじる。パン屋の主人がいっしょにすわることもあった。その日も、パン屋の主人がライネンの傍(かたわ)らにすわって、顔色が悪いですね、といった。

ライネンは電車に乗って裁判所へ向かった。ギターを抱えた流しのミュージシャンが電車に乗ってきて、ボブ・ディランを歌った。小銭をだしたのは、数人の観光客だけだった。

午前八時をすこしまわった頃、ライネンはモアビートの裁判所に着いた。

検察局大刑事部は四階にあった。廊下の窓には、鋼鉄製の枠にはめられた防弾ガラスが入っていた。ライネンは司法修習生のとき、ここで三ヶ月働いた。だから、ほとんどの検察官と面識がある。秘書室には天井までところ狭しと書類が積み上げられ、ロッカーや棚、デスクや床の上も書類の山だ。部外者ではなにがどうなっているのかさっぱりわからないだろう。ここにはむりやり死を迎えさせられた人に関する書類が集まってくる。ファイルは殺しの種類によって分類される。謀殺、故殺、爆殺、人質事件による致死。壁には秘書たちが休暇先から送ってきた絵葉書がピンでとめてある。夕日、浜辺、椰子(やし)の木。コンピュータの画面には、子どもや夫の写真が貼ってあった。

ライネンはファイル番号を告げ、自分が国選弁護人であることを証明する区裁判所の決定書を呈示した。応対した秘書は薄いファイルをライネンに手渡した。その秘書も司法修習生時代からの知り合いで、訴訟手続きがうまくいくように願っていると声をかけてくれた。

「でもむずかしそうね。リヒャルト・マッティンガーが被害者側の公訴参加代理人になったから」そういって、秘書は気の毒そうにライネンを見た。

ライネンはそのとき、司法解剖が法医学研究所で午後一時におこなわれることを知らされた。

ファイルを手にした彼は、依頼人に接見すべきかどうか考えた。しかし、なにを話したらいいか思いつかなかった。結局、ファイルをぺらぺらめくりながら、弁護士控え室に通じる廊下を歩いた。

モアビート刑事裁判所の弁護士控え室は部外者が一切立ち入りできない場所だ。依頼人や検察官や裁判官はおろか、通訳者でさえ入室が禁じられていた。この弁護士控え室はワイマール共和国時代からあり、マックス・アルスベルクといった有名な弁護士が、一九二〇年代にここを使っていた。今も当時とほとんど変わっていない。弁護士たちはここで新聞を読み、事務所と電話連絡をし、申請書類を書き、公判の再開を待つ。一ユーロでローブを借りることもでき、秘書が電話のメモを取る。秘書はときどき、気に入った弁護士にボンボンをくれる。そしてなにより、ここでは弁護士同士で話に花を咲かせることができる。裁判官や検察官のうわさが飛び交い、訴訟手続きについての打ち合わせや、申し立ての相談、弁護団の結成や解散がおこなわれる。裁判官が取り決めを守らなかったり、検察官が捜査状況について口を閉ざしたりするようなことがあれば、弁護士はいち早くここでそのことを知る。みな、歯に衣(きぬ)着せず話し、裁判に負けたことを告白し、勝ったことをひけらかす。弁護士控え室では気晴らしのため、依頼人について公(おおやけ)にできないことをいい、犯罪についてジョークを飛ばす。コーヒーは自動販売機で飲める。プラスチックと粉ミルクの味がするコーヒーだ。調度品はすこしみすぼらしくなっていて、ソファの生地が裂けていた。

ライネンは奥の部屋にあるコピー機のところへ行こうとしていた。あいかわらずファイルに目を通しながら弁護士控え室を横切った。他の弁護士とぶつかってしまい、書類を床に落とした。あやまって書類を拾い上げると、また歩きだした。コピー機のそばに立ったとき、ソファにすわっているリヒャルト・マッティンガーが目にとまった。マッティンガーは新聞を読んでいる。ライネンは彼のところへ行った。

「おはようございます、マッティンガー弁護士。カスパー・ライネンといいます。同じ訴訟手続きでごいっしょする者です」

「ファブリツィオ・コリーニ? ハンス・マイヤーの件かね?」

「そうです」

マッティンガーは立ち上がって、ライネンに手を差しだした。

「コーヒーを一杯いかがかね?」

「はい、よろこんで。お会いできてうれしいです。先生の刑事訴訟法の講義を聴講したことがあります」

「益体もないことばかり話していなければいいのだが」そういって、マッティンガーはライネンと連れだって自動販売機のところへ行った。マッティンガーがコインを投入した。ふたりは、自動販売機から褐色のプラスチックコップが出てくるのを待った。

「今朝、だれもこの機械からトマトスープをだしていなければよいのだがね。さもないと、そのあと五十杯分は飲めたものではない」

「ありがとうございます。ただでもひどい味ですが」

ふたりはソファにもどって、腰をおろした。

「まずはおめでとうと申し上げたい、ライネン弁護士。これは本当にすごい事件だ」マッティンガーはいった。

「すごくはあるんですが」ライネンはつぶやいた。

「どうしたのだね？」

「弁護人を辞任しようと思っているんです。愚かなことに国選弁護人を買ってでましたが、弁護をつづけるわけにいかないんです。ファイルを読めばわかることですが、なんならこの場でお話ししましょうか」ライネンは事情を話した。

マッティンガーは、申立書を読ませてくれないかといった。ライネンはコピーを渡した。

「よく書けている」数分してマッティンガーがいった。「気持ちはよくわかる。しかしながらこれが受理されるとは思えんね。きみが裁判で任を解かれるのは、弁護人と依頼人の信頼関係が揺らいだときだけである、と法に定められていることはむろん知っているだろう。ケーラー捜査判事は、つねに法の規定するところに従って判断する。わたしにいわせれば、彼は根っからの官僚（テクノクラート）だからね」

「それでも試してみます」ライネンはいった。

「ライネン弁護士、わたしたちは知り合いではないから忠告しても無駄かな」

「とんでもない。お考えをぜひ聞かせてください」

「今回はじめて参審裁判を担当すると見受けるが？」

「そうです」ライネンはうなずいた。

「わたしだったら、この申し立てはしない」

ライネンはおどろいてマッティンガーを見た。

「しかし……わたしはマイヤー家で育ったようなものなのですよ」

マッティンガーはかぶりを振った。

「それがどうかしたかね？　次の訴訟手続きでは、きみの子ども時代の悲しい出来事を思いだすかもしれない。そのまた次の訴訟手続きでは、暴行を受けた知り合いの女性を絶えず思いださないともかぎらない。あるいは、依頼人の鼻が好きになれないかもしれないし、被告人が売買した麻薬を人類が作りだした最悪のものと思うかもしれない。ライネン弁護士、弁護人になりたいのなら、それ相応に振る舞わなければだめだ。きみはある男の弁護を引き受けた。いいだろう、それは過ちだったかもしれない。しかしながら、それはきみの過ちであって、依頼人の過誤ではない。きみは依頼人に責任がある。収監されたその男にとって、きみがすべてなのだ。きみは死んだ被害者との関係を依頼人に話し、それでも弁護を望むかどうかたずねなければいけない。依頼人がそれを望むのであれば、きみは依頼人のために働き、全力でしっかり弁護をすべきだ。それが肝心なことだ。これは殺人事件の訴訟手続きであって、大学のゼミではないのだよ」

マッティンガーは本心からいったのか、それとも、ただ相手が未熟な弁護人のほうが都合がいいからそういったのか、ライネンには判然としなかった。老弁護士マッティンガーは愛想よくライネンを見つめた。おそらく両方のようだ。

「考えてみます」ライネンはいった。「とにかく、ありがとうございました」

「さて、そろそろ行かなくては。経済犯罪課でこれから審議があってね」マッティンガーはいった。「もしよかったら今日の午後、わたしの事務所を訪ねてくれたまえ。問題の事件について意見を交わしておくのもあながち無駄ではない」

「よろこんで」ライネンが弁護人にとどまる場合、どのように弁護するつもりか探りを入れたいのだろうと察しはついた。しかしライネンとしても、大物弁護士とぜひとも知り合いになりたいと思っていた。

6

司法解剖室をはじめて訪れる者は、己（おのれ）の死と直面することになる。現代人は死体を見ることがなくなった。死体は日常の世界から完全に姿を消した。車にひかれたキツネを道ばたで見かけるくらいが関の山だ。たいていの人は、人間の死体を見たことがない。

ライネンが法医学研究所に着くと、ライマース上席検察官とふたりの殺人課捜査官がすでに来ていて、所長のヴァーゲンシュテットを待っていた。弁護人が司法解剖に同席するというのは通常ないことだ。しかしライネンはすべてを知りたかった。

解剖台の長さは二メートル五十センチで、幅は八十五センチ。磨き上げた特殊鋼でできている。太い円柱一本に支えられ、わきに解剖用鋸（のこぎり）やドリル用の防水コンセントがふたつあり、解剖台の一方には膝で操作できる蛇口とハンドシャワーが取りつけてあった。シンクは解剖台に直接取りつけてある。それは機械仕掛けで上下させることができる最新型の解剖台だった。

「ほとんど無音に近い」半年前にこの解剖台が納入されたとき、ヴァーゲンシュテット所長はそういったという。解剖台の仕組みを学生たちに披露したときの言葉だ。所長はまるで新しいおもちゃを手にした少年のように嬉々としていったらしい。パンチング加工が施された台架は洗浄しやすいように三分割され、その下には受け皿となるシンクがついている。台架には軽く斜度がつけられ、血液などが着脱可能な濾過器に流れ込むようになっている。また解剖台の上方から下がっているケースは、まるでキッチンフードのようだった。

死体を見て、ライネンは気分が悪くなった。死体は一糸まとわぬ姿だった。硬質な白色灯に照らされて、胸毛や恥毛が濃く見え、乳首と爪が黒々としていた。いたるところ明暗がくっきりしている。死体の顔は半分吹き飛び、筋肉繊維や骨が露出していた。まだ残されているほうの目は開いたままで、眼球は乳白色ににごっていた。魚の目のようだ、とライネンは思った。

ヴァーゲンシュテットは解剖をはじめた。親指で上半身と足の死斑を押した。助手を務める髪をアップにした太り気味の女子学生が、所長といっしょに死体にかがみこんだ。

「死斑は赤紫色だ」ヴァーゲンシュテットは講義をするような口調でいった。「死体の発見場所は戸外ではなかった。報告のとおりだ」

それから助手のほうに顔を向けて話をつづけた。

「見たまえ。死斑は強く押しても引っ込まず、すぐには元にもどらない。ほら、自分で試してみなさい」

　助手は試した。

「どう思うね？」ヴァーゲンシュテットはいった。

「死後六時間以上、三十六時間以内です」

「そのとおりだ」ヴァーゲンシュテットは上体を起こした。すっかり教師の顔をしている。

「死斑を定義したまえ」

「死斑はラテン語名Livores、死体内部において血液が重力に従って沈下することによって起こります」

「よろしい。じつによろしい」

　この調子で解剖は二時間近くつづいた。

　ヴァーゲンシュテットは解剖台の上方から下がっている小さなマイクに話しかけた。筋肉の死後硬直がほぼ頂点に達した状態。腐敗箇所はない。ヴァーゲンシュテットは、事件現場で検屍（けんし）に当たった医師の死体検案書を手にすると、死体の体温と室温の記載事項を見てうなずいた。

　それから死体の部位を事細かく調べていった。頭顔部（とうがん）、頭髪（長さ、額がはげ上がっていること）、顔面、鼻骨と鼻腔（びくう）（「破砕、血液とリンパ液の流出、両耳に流れだした痕あり。

右側がとくに顕著」)、眼球(「左は破裂し、脱落。右は部分的に損傷。眼瞼結膜は白色化している」)、口腔内(「赤い液体が視認される」)。

ヴァーゲンシュテットは静かに集中して話した。

「外貌所見は死者との最初の接触になる」ヴァーゲンシュテットは助手にいった。「注意深く、慎重に、敬意をもって当たらなければいけない。頭頂からつま先まで、系統立ててやる。目につくものがあっても、それにとらわれてはならない」

つづいてヴァーゲンシュテットはこういった。

「この男は死んでいる。焦ることはない」

ヴァーゲンシュテットは死者を丁重に扱った。解剖台で冗談を交わすことは禁じられていた。

外貌所見が終わると、体内の解剖がはじまった。ライネンはタイル張りの壁に寄りかかっているしかなかった。足がしびれて感覚がなくなった。ヴァーゲンシュテットは重い死体をひっくり返して、背中にメスを入れた。うなじから仙椎までまっすぐ切開し、臀部の上で逆Y字切開した。皮膚、皮下組織を層ごと切除し、背筋を摘出して、軟部組織と左の肩胛骨を押し開いた。ライネンは目を閉じたが、においは避けようがなかった。解剖室から出たくなったが、足がいうことをきかなかった。

頭皮と頭蓋骨のあいだには血腫ができていた。血液がはげしくにじみだし、頭皮は簡単に頭蓋骨から剝離した。頭皮をはがすのにはさして力を要しなかった。

ヴァーゲンシュテットは助手に説明した。

「遺族には、可能なかぎり損傷なしに遺体を返還してもらう権利がある。だから頭皮は後頭部で切開し、額に向けてめくり上げ、頭蓋骨を露出させる。そのあと頭蓋骨をカッターで切り、脳を摘出する。それが済んだらまた頭皮をもどして、縫合する。これで死体の頭は元通りになる」

ヴァーゲンシュテットは説明をつづけた。

「あいにく今回はそうすることができない。頭顔部の半分が失われ、もう半分も砕かれている。こういう場合は別の切り方をする。射創管を見つけて、そこを起点にする」

それからラテン語の専門用語がつづいた。ヴァーゲンシュテットは片方の耳からもう片方の耳にかけてメスを入れ、無傷のまま残っていた頭皮をはいだ。ゼリー状になった傷口から銃弾がひとつ金属の解剖台に落ちた。銃弾ふたつは頭蓋骨に突き刺さっており、四つ目は左の眼孔を貫通していた。ヴァーゲンシュテットは銃弾をライマース上席検察官に見せた。

「激しく変形している。線条痕検査はむずかしいだろう」

銃弾の侵入経路を再現するため、ヴァーゲンシュテットが「皮膚の穴」と呼んだ射入口に細長いカテーテルが次々と差し込まれた。カテーテルは頭蓋から数センチ突きでていた。ライネンはバロック様式の聖画に描かれる後光のようだと思った。ヴァーゲンシュテットは撮影をした。しばらくのあいだ解剖室内では、ストロボのチャージ音しか聞こえなかった。

司法解剖はさらに一時間かかった。すべての傷、出血箇所、骨の損傷箇所が計測され、記録された。古傷も測られた。左右の膝に長さ五センチと八センチの傷痕、右ひじに長さ二センチの傷痕、腹部に盲腸手術による長さ六センチの傷痕、左ひじに長さ七ミリの傷痕、顎に長さ九ミリの傷痕。つづいて臓器が摘出され、視認され、計量された。脳千三百八十グラム、心臓三百四十グラム、右の肺七百九十グラム、左の肺六百三十グラム、脾臓百五十グラム、肝臓千六十グラム、右の腎臓百七十五グラム、左の腎臓百八十グラム。大腿動脈と心臓の血液、尿、胃の内容物、肝臓組織と肺組織、胆汁が保管された。踏まれた箇所はできるかぎり記録され、靴の跡が撮影された。

ヴァーゲンシュテットは解剖結果と所見をマイクに向かって口述した。ライマース上席検察官は立ち上がって、しびれた足を動かした。

「解剖所見は明日とどける。今、事務室が立て込んでいてね」ヴァーゲンシュテットはそういうと、また死体の傍らに立った。

　ふたりの殺人課捜査官が先に解剖室を出た。ライネンは声がでず、退室の挨拶もできなかった。捜査官のひとりは青と白の縦縞模様のシャツを着ていた。ライネンはそのシャツに目が釘付けになり、気づくとその縞の数を数えていた。そのあと、レンガ造りの法医学研究所を出て外階段に立った。昼の熱気が彼を襲った。上着のポケットから銀製のタバコ入れをだす。タバコ入れはひんやりと冷たく、存在感があった。タバコに火をつけた。ライネンの両手は小刻みにふるえていた。ライマースが横に立って、声をかけてきた。ライネンはぼんやりしていて、はじめの言葉を聞きそびれてしまった。

「……一目瞭然。すべての銃弾は後頭部から撃ち込まれていました。一発目はひざまずいた状態、他の弾は横たわった状態で撃たれたと思われます。抵抗した形跡はなし。被害者は完全に油断していましたね。ライネン弁護士、残念ですが、すべての状況が謀殺を示唆しています」ライマースは上着を脱いで、シャツの袖をまくり上げていた。シャツの襟に汗の染みが黒くついていた。

「まったく暑いですな」

「ええ」ライネンはいった。口のなかがからからに乾いていた。舌が口蓋に張りつく。

「もう一度、依頼人と話をしてみてはどうですか。なにか打ち明けるかもしれませんよ。

こういう状況では話したほうがいい」

「そうします。ありがとうございます」

ライネンは自分の車へ向かった。配送車が出口をふさいでいたので、しかたなく車両の出入口へ移動して、熱をもった粘板岩(ねんばんがん)のプレートに影がかかっているところを選んで立った。静かだった。マロニエの花粉が歩道や芝生を赤く染め、じりじりと焼かれたアスファルトに陽炎(かげろう)が立ち、道路が水面のように空を映していた。弁護士事務所の看板を下ろして、すべて忘れたほうがよさそうだ、とライネンは思った。

7

　午後五時、ライネンはマッティンガー弁護士事務所のベルを鳴らした。来客用の受付はいわゆる「ベルリンの間（ま）」に置かれていた。「ベルリンの間」というのは、ベルリンの古いアパートに見られる手前の棟と奥の棟をつなぐ側翼（そくよく）に設（しつら）えられた大きな部屋のことで、片側にしか窓がない。秘書のひとりがライネンにいった。

「そのままマッティンガー弁護士の部屋までおいでください。お待ちかねです」

　ライネンはドアをノックして待った。ところが招き入れる声がしない。そのまま部屋に入ることにした。

　その部屋は薄暗く、広さはライネンの事務所の部屋と大差なかった。質素なデスクとひじかけのついた木の椅子があるだけで、来客用の椅子はひとつもなかった。そして黄色いランプとダイヤル式の黒電話。壁はマホガニーの板張りで、側面の壁には本棚がはめこまれている。正面のふたつの窓には木製ブラインドが下がっていた。室内はあたかも一九二〇年代のオフィスのようだった。大きな葉巻のケースがデスクにのっている。その黒いケースには明るい象眼細工が施されていた。

マッティンガーは両足をデスクにのせて、うたた寝していた。ゆるめたネクタイがわきにずれ、よだれが右側の口元からたれていた。マッティンガーの前に、赤いファイルがいくつか置いてあった。ファイルには担当弁護士の名前が書き込まれていた。この事務所に勤める別の弁護士が作成したものらしい。マッティンガーがふいに目を覚まし、ライネンに気づいて、口のよだれをふきながら立ち上がった。

「やあ、元気かね、ライネン弁護士？」マッティンガーはたずねた。吐く息は酒臭くなかったが、甘いにおいがする。いつも深酒をしている証しだ。「疲れているようだね」

「そういわれたのは、あなたで三人目です」

「では本当に疲れているのだろう。来たまえ。ここは狭すぎる。バルコニーに出よう」

「いいお部屋ですね」

「三十年前、クアフュルステンダム大通りにある建物が改築されたとき、内装材をまるまる買い取って、ここをリフォームさせたんだ。有名な公証人の執務室に使われていたものだそうだ」

「すばらしいです」

「すこし暗いかもしれん。だが、わたしはもう慣れた」

大きな面談室をふたつ通り抜けて、ふたりはバルコニーに出た。雨がひと降りしたあとで、道路が煙っていた。

マッティンガーは一度、面談室にもどった。電話で秘書室に飲み物を注文する声がライネンのところまで聞こえた。バルコニーにもどってくると、マッティンガーは上着から葉巻入れをだした。革製ですり切れていた。細い縦縞（たてじま）のスーツを着ている彼は、部屋と同様に一九二〇年代の人間のようだった。

「葉巻を吸うかね？　吸わないのか。それは残念」

ベストのポケットからだしたシガーボーラーで葉巻にゆっくり穴を開けて、くずをかきだすと、異様に長いマッチで火をつけた。マッティンガーはすべて片手でこなしたが、手こずるようすはみじんもなかった。

「きみのことを調べさせてもらったよ、ライネン弁護士」

「そうですか？」

「国家試験は二度とも優秀な成績だった。刑法はその年度の最高得点。フンボルト大学講師として刑事訴訟法の講座を担当し、法学雑誌に論文を十五本発表している」マッティンガーは葉巻を吸った。「全部読ませてもらった。いくつかはすばらしい出来だ」

「ありがとうございます」

「大学からの誘いや裁判官になる道もあったのに、きみはどちらも断った。どうしても弁護士になりたかったようだね。きみの指導教授は、きみのことを明晰な頭脳の持ち主だと評していた。だが頑固でなかなか譲らないところがあるともいっていたな」マッティンガーは相好を崩した。

ライネンも笑った。しかし気分はよくなかった。

「先生がそういっていましたか？」

「きみの指導教授とわたしは、百年来の付き合いなんだ。訴訟の相手がどういう人物か知りたかったのでね」

秘書がコーヒーと水を運んできた。マッティンガーとライネンはベルリンとモアビート裁判所のこと、裁判官や検察官のことを話題にしておしゃべりをした。ライネンは、話しながら紫煙を吐くマッティンガーを見た。しだいに気持ちがほぐれた。

「それで、どういう結論に達したのかね、ライネン弁護士？　コリーニの弁護は続行するのかね？」

「まだ気持ちが固まっていません。ついさっき司法解剖に立ち会ってきました。ぞっとしました」

「ああ、司法解剖はいつになってもぞっとする。遺体を人間と思ってはいけない。解剖台に横たわった遺体は、学問の対象でしかない。そう思えるようになれば、興味も湧いてくる。ところが、なかなかそう割り切れるものではない」

ライネンはマッティンガーを観察した。日焼けしていて、額には深いしわが横に走っている。目尻には額のしわより浅いカラスの足跡ができていた。ライネンは、マッティンガーが片腕を失っているにもかかわらずヨットでハンブルクから南アメリカまで単独航海したという記事をどこかで読んだことがあった。

「では、弁護をすると仮定しての話だが、勝つ見込みはありそうかね？」

「きびしいです。コリーニの衣服に血痕が残っていますし、両手に硝煙反応がありました。それに拳銃、薬莢、テーブル、ベッドの枠から彼の指紋が検出されています。警察を呼ぶように促したのも彼自身で、ホテルのロビーで逮捕されるのをじっと待っていました。他に犯人がいる可能性はありません。したがいまして……無罪を主張するのは無理でしょう」

「もしかしたら謀殺を否定して、故殺にもっていけるかもしれない」

「わかっているかぎりでは、ハンス・マイヤーは背後から撃たれています。これは謀殺を示唆します。しかし、わかっていることがあまりにすくないのです。コリーニがなにを自供するかにかかっていますね。口を開けばの話ですが」

「動機は？　新聞には、動機が不明だと書いてあるが」マッティンガーが急にライネンのほうに顔を向けて、食い入るように見つめた。

目を見ていると、催眠術にかけられてしまいそうだ、とライネンは思った。

「そうなんです。わたしにもわかりません。ハンス・マイヤーは徹頭徹尾、人にうしろ指を差されるような人ではありませんでした。どうして射殺されたのか皆目見当がつきません」

「うしろ指を差されるような人ではないのか」マッティンガーは目の前で手を横に振った。「めったにお目にかかれるものではない。わたしは六十四歳になるが、この年になるまでに、そういう人物にはふたりしか会ったことがない。ひとりは十年前に死んだ。もうひとりはフランス人修道士。わたしのいうことを信じたまえ、ライネン弁護士。人間に白も黒もない……灰色なものさ」

「まるで暦にある警句みたいですね」ライネンはいった。

マッティンガーは笑った。

「年を重ねると、暦の警句はますます真実味を増してくるものだ」

ふたりはコーヒーを飲みながら、物思いに沈んだ。

「今日はもう遅い」マッティンガーはしばらくしていった。「明日、依頼人を訪ねて話をし、自分が弁護してかまわないか確認するといい」

ライネンは、マッティンガーのいうとおりにしようと思った。依頼人は昨日から拘置所に収監されているというのに、ライネンはまだ一度も、依頼人がなぜハンス・マイヤーを殺したのかたずねていなかった。それからしばらくして、うつらうつらしていることに気づいた。

「すみません」ライネンはいった。「家に帰らなければ。徹夜で仕事をして、本当に疲れ切っているようです」

マッティンガーは立ち上がって、ライネンを出口まで案内した。ライネンは十九世紀末に建てられたその家の幅広い階段を下りた。赤いサイザル麻の絨毯(じゅうたん)と緑の大理石の壁。階段の最後のステップでライネンは一度振り返った。事務所のドアが閉まる音が聞こえなかったからだ。見ると、マッティンガーはまだ二階のドアの前にたたずみ、彼のほうを見ていた。

8

「王立拘置所」は一八七七年に建てられ、折に触れ何度も近代化が図られてきた。赤レンガ造りの四階建てで、円筒形のコンコースを中央に置いた星形の建物だ。現在はモアビート拘置所と呼ばれている。百二十年以上にわたって、被疑者が収監されてきた。収監房は数平方メートルの広さしかなく、寝台と机と椅子とタンスと洗面台とトイレが備えつけてあるだけだった。

ファブリツィオ・コリーニは収監番号二八四／〇一－二で、Ⅱ号棟一四五房に入っていた。ガラス窓の向こうにいる受付係の女事務官が名簿にのっている名前を探した。ライネンは区裁判所の決定書を呈示した。事務官は名簿にライネンの名前を記入した。コリーニはこれから、裁判官にチェックされることなくライネンを介して郵便を受け取れることになった。事務官は内線で刑務官を呼び、コリーニを弁護士のところへ引率するように伝えた。

ライネンは弁護人接見室の前で待った。被疑者を連れた刑務官が何人も前を通り過ぎた。

刑務官たちは自分の担当する被疑者について話をした。

「どこへ連れていくところだい？　うちの被疑者は、ちょうど医者のところからもどったところで……」

刑務官たちは被疑者を蔑視することがない。たいていの者は担当する被疑者の罪状について知ろうともしなかった。交わされる言葉は、彼ら自身と同じように飾らないものだった。

ファブリツィオ・コリーニが廊下をやってきた。ライネンはまたもや彼の図体の大きさに面食らった。コリーニの背後にいる刑務官の姿がまったく見えない。ライネンたちは接見室に入った。部屋の三分の二は黄色いペンキで塗られ、合板のテーブルと椅子が二脚に洗面台がひとつあるだけだった。外に面した壁の上のほうに小さな明かりとりの窓があり、灰皿はブリキのクッキーの缶で、ドアの横には赤い警報ボタンがついていた。室内にタバコと食べ物と汗のにおいがしみついていた。ライネンが窓に背中を向けて椅子にすわると、コリーニは真向かいに腰かけた。彼はあてがわれた紺色の服を着ていた。殺人課が彼の衣服をすべて差し押さえたのだ。

ライネンはマイヤー家と付き合いがあることを伝え、コリーニの骨張った大きな顔を見つめた。コリーニは反応しなかった。

「はっきりさせておきたいのです、コリーニさん。わたしがマイヤー家と付き合いがあるのはいやですか？」

「いいや」コリーニはいった。「あいつは死んだ。これ以上なんの興味もない」

「なにに興味がないというのですか？」

「マイヤーとその家族だよ」

「しかし、あなたは謀殺罪で起訴されることになるでしょう。終身刑になる可能性もあるのですよ」

コリーニは両手を机に置いた。

「今までだってそうだったさ」

ライネンは男の口を見つめた。たしかにコリーニがやったのだ。ハンス・マイヤーの頭に銃弾を四発撃ち込んだ。法医学者がハンス・マイヤーを切り刻み、事件性ありと断定するに至るようなことをしたのだ。この男がハンス・マイヤーの顔を踏みつけた。顔がぐしゃぐしゃになるまで。ライネンはハンス・マイヤーの顔を脳裏に浮かべることができた。顔に刻まれたしわ。薄い唇。そして笑顔。法が求めるものは荷が重すぎる、とライネンは思った。わたしには弁護は無理だ。コリーニの顔をまともに見ることもできない。

「なぜ彼を殺したのですか？」ライネンは気を取り直してたずねた。

コリーニは両手を見つめた。

「この手で殺した」

「ええ、あなたが殺したんですね。しかし、なぜなのですか。理由を教えてください」

「そのことを話すつもりはない」

「それでは弁護ができないではないですか」

明かりとりの窓に取りつけられた鉄格子が、黄色い壁に影を落としていた。廊下から、被疑者の名を呼ぶ女性刑務官の声が聞こえた。コリーニは胸ポケットからタバコの箱をだし、とんと叩いてタバコを一本取りだすと、口にくわえた。

「火は?」コリーニはたずねた。

ライネンはかぶりを振った。

コリーニは立ち上がって洗面台のところへ行き、それからドアと洗面台のあいだを行ったり来たりした。ライネンは、コリーニが火を探していることに気づいた。そしてたまたま火の持ち合わせがなかったことを申し訳ないと思った。

「自供をする用意はありますか? 謀殺でないことを証明できた場合ですが、自供しておけば、裁判所にはあなたの罪を減刑する理由ができます。どうですか?」

コリーニはまた椅子に腰かけた。なにもない壁の一点をじっと見つめているようだった。

「せめて自供をしてくれませんか？　どうやって殺害したか話してくれるだけでいいんです。方法だけで、理由まで語る必要はありません。わかりますか？」

長い間を置いて、コリーニはいった。

「さて」コリーニはそれしかいわなかった。そして立ち上がった。「そろそろ収監房にもどりたいんだが」

ライネンはうなずいた。コリーニはドアのところへ歩いていった。ふたりは握手もしなかった。接見は十五分とかからなかった。

刑務官は外でコリーニを待っていた。うなじに贅肉（ぜいにく）のついた太った男だった。制服の青シャツは腹のところでつっぱっている。ボタンとボタンの隙間から白い下着が見えた。刑務官はコリーニの胸を見ると、だれにいうともなくいった。

「それじゃ、行こうか」

刑務官はコリーニと並んで歩きだした。ところが廊下にある最初の鉄格子の扉の手前で不思議なことが起こった。コリーニが急に足を止めて、なにか考えるようなそぶりをしたのだ。

「どうしたね？」刑務官はたずねた。

コリーニは答えなかった。ただじっとそこに立ち尽くし、一分近く自分の靴先を見ていた。それから息を吸うと、引き返して、ライネンのいる接見室にもどった。刑務官は肩をすくめ、あとに従った。コリーニはノックもせずに、ドアを開けた。
「弁護士さん」コリーニはいった。ちょうど書類を片付けていたライネンは、びっくりして顔を上げた。「弁護士さん、あんたには大変な裁判だと思う。申し訳ない。ちょっと礼をいいたかったんだ」コリーニはライネンに向かって一礼した。だが返事を期待していなかったのだろう、すぐにきびすを返すと、また大股で、急ぐこともなく、廊下を歩いて立ち去った。

ライネンは弁護士用の出口に向かうつもりが、通路をまちがえて、女性の刑務官に呼びとめられ、出口への道順を教えてもらった。防弾ガラスの扉を開けてもらうのに、数分待たされることになった。ドアの塗装が一部はがれていた。ライネンは刑務官を見た。身分証の検査があり、名前が名簿に記入された。ここで収監房に押し込められるのは男ばかりだ。彼らはここで有罪になるか、無罪になるかを待つ。ここは世界が狭い。教授もいなければ、教科書もなく、そのつど議論が尽くされる。すべてが真剣勝負で、待ったはきかない。国選弁護人から解放されるよう働きかけることのどこが悪いだろう。コリーニを弁護する義務はない。あの男はライネンの友人を殺したのだ。ここで終止符を打つのは簡単だ。

みんな、わかってくれるだろう。

拘置所の外でタクシーに乗り、ライネンは帰宅した。太ったパン屋の主人は、店の前の木の椅子にすわって、日向ぼっこをしていた。

「調子はどう？」ライネンはたずねた。

「暑いですね」パン屋の主人はいった。「だけど、店のなかはもっと暑いですから」

ライネンはとなりの椅子に腰かけると、壁のほうに椅子を傾け、目を細めて太陽を見上げた。頭のなかにはコリーニのことしかなかった。

「あんたこそ、調子はどうです？」パン屋の主人はたずねた。

「これからどうしたらいいかわからないんだ」

「なにか問題でも？」

「ある男を弁護すべきか迷っている。わたしがよく知る人を殺した男でね」

「あんたは弁護士でしょう」

「まあね……」ライネンはうなずいた。

「あのですね。おれは毎朝五時にシャッターを開けて、明かりをつけ、工場からやってくる配送車を待ちます。生地を自動パン焼き窯に入れて、配達されてきたものを七時から一日じゅう売りつづけるんです。天気の悪い日には店にこもり、天気のいい日にはここで日向ぼっこをする。本当はまともなパン屋でまともなパンを焼きたいです。まともな道具とまともな材料を使ってね。だけど、それはできない相談なんです」

ダルメシアンを連れた女がふたりの前を通って店に入った。パン屋の主人は立ち上がって、女のあとにつづいた。数分後、主人がもどってきた。氷を浮かべた水を二杯運んできた。

「おれのいいたいこと、わかります?」パン屋の主人はたずねた。

「よくわからない」

「いつかまた、まともなパン屋にもどれるかもしれません。昔はそうだったんです。でも離婚したときに失いました。今はここで働く身。おれには他になにもない。そういうことです」

パン屋の主人は水を一気に飲み干し、氷をかみ砕いた。

「あんたは弁護士なんでしょう。弁護士のするべきことをしなくちゃ」

ふたりは日陰にすわって、通行人を眺めた。

ライネンは父のことを思った。父の世界は単純明快だ。秘密は一切ない。父は、ライネンが刑事弁護人になるのを思いとどまるよう説得した。あんな仕事についたら、まっとうな人間ではいられなくなるぞ。込み入った事情ばかりだからな、というのだ。ライネンは冬のカモ猟を思いだした。父は発砲し、撃ち落とされたマガモは沼に張った氷の上に落下した。父の猟犬はまだ若かった。父の合図も待たず駆けだした。仕留めた獲物をくわえてこようとしたのだ。沼の真ん中の氷は薄かった。氷が割れて、犬は沼に落ちた。それでもあきらめなかった。冷たい水のなかを泳いで、カモを岸までくわえてきた。父はなにもいわず上着を脱ぎ、びしょ濡れの犬をふいた。それから犬を上着にくるんだまま家にもどった。父は二日間、暖炉の前でその犬を膝にのせて看病した。犬が元気を取りもどすと、父は村に住む知り合いの家族に譲った。あいつは猟犬になれない、といって。

「あなたのいうとおりかもしれない」

ライネンはパン屋の主人にそういって、帰宅した。その夜、ヨハナに電話をかけた。

「他に手はない。このままコリーニを弁護する。依頼人に真実を語らせる。それがわたしにできるすべてだ」

長電話になった。ヨハナははじめ烈火のごとく怒ったが、やがてなすすべがないことを知り、絶望した。あの男はどうしてあんなことをしたのか、と繰り返したずねた。ヨハナはコリーニのことを「あの男」としか呼ばなかった。彼女は泣いた。

「会いにいこうか？」

ヨハナにいわせるだけいわせてから、ライネンはたずねた。彼女はしばらく押し黙った。

沈黙のなか、木製のブレスレットがかちかち鳴る音が聞こえた。

「ええ」ヨハナはいった。「でもすこし時間をちょうだい」

　電話が切れた。ライネンは疲れと寂しさを覚えた。


　二週間後、ファブリツィオ・コリーニは自供した。カイト通りにある古い庁舎の取調室は狭かった。灰色のデスクがふたつに、窓がひとつ。そして、マグカップに注いだ生温(なまぬる)いフィルターコーヒー。コリーニの椅子は彼には小さすぎた。捜査官がふたり、取り調べに当たった。検察の捜査ファイルを手元に置いていた。問いただそうとする内容がのっているページに黄色い付箋(ふせん)が貼ってある。年配の捜査官は殺人課の課長だった。成人した子どもが三人いて、チョコレート菓子(プラリネ)に目がない。三十六年間の警察勤務。だが、皮肉屋にはならず、泰然としていた。被疑者を人間として扱い、そのように言葉をかけ、話に耳を傾けた。もうひとりの捜査官は、殺人課に配属されてまだ日が浅かった。それまで配属されていたのは麻薬捜査課で、血の気が多かった。だれよりも足繁く射撃訓練場に通い、靴を毎朝ぴかぴかにみがき、暇さえあれば、スポーツクラブで過ごしていた。

　若いほうの捜査官がコリーニに写真のファイルを見せた。黄色い台紙に貼られた現場写真だ。はじけ飛んだ死体の頭部を写した鮮明な写真。ライネンが抗議しようとすると、年配の捜査官が若いほうを鋭い口調でたしなめた。

「その必要はないだろう。自供するといっているんだから」

年配の捜査官がファイルを片付けようとすると、コリーニが大きな両手をそこにのせ、デスクに強く押しつけた。年配の捜査官がファイルから手を離すと、コリーニは手元に引き寄せてひらいた。前かがみになって、写真を一枚一枚じっくり見た。時間がかかった。長いあいだ、だれも口をひらかなかった。写真を見終わると、彼はファイルを閉じ、デスクの上をすべらせて捜査官に押し返した。

「死んだ」

そういって、コリーニは黙然とデスクを見つめた。それからジャーナリストを騙って、マイヤーの秘書に電話をかけ、面会の約束を取りつけたことを明かした。そして約束したホテルのスイートルームにおもむき、彼を殺したというのだ。凶器についてたずねられると、イタリアの蚤の市で買ったといった。

ライネンは依頼人のとなりにすわり、捜査官が調書に残そうとした表現をときどき訂正した。それ以外、鉛筆でメモ帳に棒人間を描いていた。

被疑者は黙秘することができるが、自供すれば、裁判官は減刑しなければならなくなる。ただし謀殺では、その規定が適用されない。謀殺はつねに終身刑と決まっているからだ。

一方、故殺なら自供は役に立つ。ライネンは事前にそのことをコリーニに説明してあった。

二時間後、ふたりの捜査官は事件のあらましについて質問を終えた。ライネンは立ち上がって、もう終わりにするといった。ふたりの捜査官はおどろいた。

「どういうことですか。これから肝心の話になるのに。殺人の動機ですよ、ライネン弁護士。動機について話してもらわなければ」年配の捜査官はいった。

「申し訳ないです」ライネンはていねいにそういうと、メモ帳をアタッシェケースにもどした。「ファブリツィオ・コリーニは殺人行為について自供しました。本人はこれ以上話さないといっております」

ふたりの捜査官は抗議したが、ライネンは首を縦に振らなかった。年配の捜査官はため息をついて、ファイルを片付けた。どうにもならないと観念したのだ。ところが、若いほうはしつこかった。日が傾いた頃、移送用の装甲バスが到着して、被疑者は拘置所にもどされることになった。そのとき若いほうの捜査官が、コリーニのいる後部座席にすわって、弁護士のいないところで話そうと声をかけた。

「ライネンはとてもいい人だが、若くて、殺人事件については経験がないな。若い弁護士は依頼人にちゃんとしたアドバイスができず、事態を悪化させてしまうことがあるんだ」

コリーニは若い捜査官を見ようともせず、眠っているようだった。捜査官が傍(かたわ)らにすりよってきて、なれなれしくファブリツィオと名前で呼びかけると、コリーニが急に捜査官のほうを向いた。すわっていても、彼のほうが頭ひとつ半高かった。コリーニは大きな頭をおおいかぶさるように前にだし、「近寄るな」とささやいた。
若い捜査官はすごすごと後部座席の別の端に体をすべらせた。コリーニは座席に体を預け、また目を閉じた。移動中、ふたりはなにもしゃべらなかった。その後、弁護士のいないところでコリーニに話しかける捜査官はひとりもあらわれなかった。

取り調べをする前から、通常の捜査は進められていた。警察はコリーニの人物像を割りだすためにあらゆる手を尽くした。コリーニは一九六〇年代、外国人労働者としてイタリアからドイツへやってきた。シュトゥットガルトにあるダイムラー・ベンツ社の工場で見習い工となり、そこで正規工の試験に合格し、二年前定年を迎えるまで同じ会社で働いた。会社の個人記録にはこれといった書き込みがなかった。彼は几帳面で手堅く、ほとんど病欠をしたことがなかった。コリーニは未婚だった。一九五〇年代に造成された住宅地のアパートに三十五年間暮らしつづけた。たまに女といっしょにいるところを目撃された。隣人のあいだでは、おとなしく人当たりのいい人物で通っていた。前科はなく、ベーブリンゲン警察署では彼のことをまったく把握していなかった。捜査官はコリーニのかつての同僚にも事情聴取した。休暇になるときまってジェノヴァ近郊に住む親戚のところで過ごしていたという。けれどもイタリアの当局は、それ以上なにひとつ突き止めることができなかった。

捜査判事は、コリーニのアパートを捜索するための令状をだした。だがアパートにも、殺人の動機を示唆するものは一切なかった。経済犯罪課も動員したが、その線からもなんら判明せずに終わった。コリーニの生活環境にはとくに問題がなかったのだ。イタリアに捜査協力を求め、凶器を同定したが、他の犯罪に使われたという証拠は見つからなかった。

検察はあらゆる手掛かりを疎かにしなかったが、六ヶ月が経っても初動捜査と状況は変わらなかった。被害者と、自供した犯人はいる。だが、それ以外なにもわからないままだった。捜査を指揮した首席警部は、定期的にライマース上席検察官に報告をした。ライマースはとうとう肩をすくめた。

「犯行の状況から見て、復讐にまちがいない。ところが犯人と被害者の接点がまったく見つからない」

コリーニが精神鑑定を受けることを拒絶したため、警察と検察局は捜査に行き詰まった。ライマース上席検察官はできるかぎり刑事警察に捜査を続行させた。捜査の過程で突然、おどろくべき事実が浮かび上がることがある。ささやかなことからすべてが解明されることもあるのだ。しかし、今回はなんの変化も見られなかった。事件当日となにひとつ変わらぬままだった。ライマースはさらに数ヶ月待った。自分のデスクにすわり、もう一度すべての調書を読み直すと、〝捜査終了〟と書類に書き込み、起訴状をしたためた。謀殺罪でコリーニを訴えるには、もちろん動機を知らなければならない。しかし被疑者が固く口を閉ざしている以上、もはや手も足もでない。だれも強制することはできないのだ。しかしライマースは、なにもわからないまま終わらせたくなかった。安眠を望んでいたし、正しい判断かどうか知りたかったのだ。

その日の夕方、部屋を出るとき、ライマースは捜査ファイルと起訴状を木製の書類入れに差した。いくつもの棚からなるその書類入れは、プロイセンの官僚機構が発明したものだ。朝になると、刑務官がそこから書類を持っていく。それは「撤去」と呼ばれている。起訴状には認印(みとめいん)が押されるだろう。地方裁判所宛の発送用ポストに入れられ、参審裁判の記録番号が付されることになる。ライマースの仕事は済んだ。訴訟手続きが進められるだろう。これでもう手から離れる。ところが帰宅してからも、いっこうに気が休まらなかった。

コリーニが逮捕されてからの数ヶ月、カスパー・ライネンの仕事は順調だった。何度か地方新聞に名がのり、新しい依頼人ができた。麻薬密売事件が六件、詐欺事件、小口の横領事件、酒場での暴力事件がそれぞれ一件。ライネンはそつなく仕事をこなした。証人尋問も堂に入ったものだった。この間、裁判は負けなし。そのうち、やり手の弁護士だ、とモアビート裁判所でうわさされるようになった。

ライネンは週に一度、拘置所にコリーニを訪ねた。依頼人はなにも希望をいわず、不満を口にすることもなかった。コリーニは腰が低く、物静かだった。しかしいくらライネンが動機をたずねても、それだけはどうしても明かそうとしなかった。動機が不明のままでは、まともな弁護はできないと口を酸っぱくして説得したが、コリーニはだんまりを決め込むか、だれもなにも変えられはしないとつぶやくだけだった。

マッティンガーとライネンはよく、夕方一時間ほどマッティンガーの事務所のバルコニーで会うようになった。老弁護士マッティンガーは葉巻をくゆらせながら、七〇年代にあった大きな訴訟手続きについて語った。ライネンは喜んで話を聞いた。しかしコリーニ事件について話をすることはまったくなかった。

9

ライネンの事務所に起訴状がとどいた二日後、ヨハナが電話をかけてきた。あらたまった声で、話がしたいからミュンヘンへ来てくれないかといった。ライネンは父からもらったおんぼろのメルセデス・ベンツを飛ばし、ベルリンからミュンヘンへ向かった。マクシミリアン通りのホテル・フィアヤーレスツァイテンの前に車を止めた。マイヤー機械工業がふたりのために表通りに面した、眺めのいい部屋を二室予約していた。

午後、マイヤー機械工業の代表者たちとの会合がもたれた。会議室には胡桃材の大きな楕円形のテーブルが置かれ、窓には緑色のカーテンがかけてあった。ライネンには勝手知ったる場所だ。子どものとき、ハンス・マイヤーに連れられてよくここに入ったことがある。そこのテーブルで本を読みながら、ハンス・マイヤーが迎えにくるのを待ったものだ。今は、祖父がかつてすわっていた席にヨハナがいた。ライネンは彼女のところへ行き、頬にキスをした。彼女は顔を強ばらせ、ライネンを見ようともしなかった。陶器の皿には、クッキーがきれいに重ねてのせてあったが、手を伸ばす者はひとりもいなかった。

法律顧問は落ち着きのない小男だった。話をしているあいだ、カフスボタンがテーブルの天板に当たってカチカチ音をたてた。五分後、ライネンはこの会合が無意味なことに気づいた。法律顧問はなにも知らなかったのだ。会社の過去の記録もあさったが、なにも見つからなかった。コリーニからの請求書も、コリーニ宛の請求書もなかったという。法律顧問はこういう会合につきものの決まり文句ばかりを並べ立てた。

「いつでも協力します」

「もうすぐ結論をだします」

「連絡を密に取り合いましょう」

法律顧問が招待したのは、ライネンがどういう弁護を考えているか知りたかっただけなのだ。だから、ライネンも八方塞がりであることを知ると、すぐに会合を終わらせた。

ライネンは道路を横切ってホテルにもどった。荷物はすでに部屋に運ばれていた。服を脱ぐと、バスルームに入った。痛いほど熱いシャワーを浴び、ようやく緊張がほぐれた。なにも身につけないままバスルームを出ると、ヨハナが窓辺に立っていた。合い鍵を持っていたのだ。彼女はカーテンをすこし開けて、外を見ていた。彼女のシルエットが青灰色の空に浮かんでいた。ライネンは黙って彼女の背後に歩み寄った。彼女も黙って彼に寄りかかった。彼女の髪が彼の胸にかかった。ライネンは彼女を腕に抱き、両手でなでた。

外は雪模様だった。車は音もなく走り、路面電車の屋根が白くなっていた。

ライネンはいつしかヨハナのワンピースのファスナーを下げ、服を肩から脱がし、ブラジャーをはずしていた。ホテルの向かいの店から買い物袋を提(さ)げた男が出てきた。男は足をすべらせ、両手を振りまわし、袋から手を離した。オレンジ色の小箱がいくつも雪のなかに落ちた。ライネンはヨハナのうなじにキスをした。彼女の首は温かかった。彼女は彼の両手をつかんで、自分の小さな胸に押し当てた。彼女はうしろ手で、ライネンを愛撫した。路上の男は小箱をかき集めると、手を上げてタクシーを呼んだ。ヨハナは体の向きを変えた。口が心持ちひらいている。ライネンはキスをした。彼女の頬が濡れていた。しょっぱい味がした。ヨハナは彼の顔を両手で包み、しっかり押さえた。ふたりは一瞬、静かに立ち尽くした。それからヨハナは窓のほうを向き、暖房機のカバーに手をついて背中を曲げた。ライネンは彼女のなかに入った。肩胛骨(けんこうこつ)が見える。白い肌。薄いフィルムのように背中をおおっている。なにもかも、壊れやすく、はかなく、むなしかった。

だいぶ時間が経ち、ふたりはベッドに横たわった。疲れはて、お互いを求める欲求は消えていた。どちらからともなく、フィリップのことや、ロスタールで過ごした夏のことを話し、そのうち眠気に襲われた。ライネンは眠っているあいだ、拳をにぎっていた。あたかも消えてなくなるものをつかんで放すまいとするかのように。

ライネンは朝早く目が覚めた。ヨハナは仰向けに横たわり、自分の腕に頭をのせ、静かに規則正しい寝息をたてていた。しばらく彼女を見つめてから、ライネンは起き上がり、暗闇のなかで服を着ると、メモを残して静かにドアを閉めた。ロビーは人でごった返していた。なにかの代理店が会議をひらくのだ。うるさかった。

ホテルを出ると、ライネンは路面電車に乗った。人々は疲れた顔をしている。ほとんどの人が席にすわって寝ていて、窓ガラスがくもっていた。ライネンはティヴォリ通りで降りた。イギリス庭園（エングリッシャーガルテン）を横切り、雪を踏みしめながら、園内にあるクラインヘッセローアー湖へ向かった。道路から一キロと離れていない街中だというのに、そこにはさまざまな鳥がいた。カイツブリ、キンクロハジロ、ホシハジロ、アカハシハジロ、マガモ、オオバン、ハイイロガン、インドガン。そしてなによりカラス。鳥の知識は父から仕込まれた。カラスはなんでも知っている、と父はいった。ライネンはベンチの雪を払ってすわり、寒さに顔が強ばり、肩が凝るまで鳥を見ていた。

午後も遅くなった頃、ライネンはマイヤー機械工業の本社でヨハナを拾い、いっしょに車でロスタールへ向かった。ふたりでハンス・マイヤーの個人的な書類をあさり、答えを探すことにしたのだ。ロスタールはミュンヘンから車で一時間くらいのところだ。しかし到着すると、別世界にやってきたような気持ちになった。屋敷も庭園も雪におおわれ、青い冬の光に包まれていた。円形の広場を通って、外階段の前に車を寄せた。マイヤー家の最後の家政婦ポメレンケが、玄関のドアを開けた。すこし足を引きずりながら階段を下りてきて、目に涙を浮かべながらヨハナを抱きしめた。

「ああ、カスパーさま」ポメレンケがいった。「またおいでくださって、うれしゅうございます」

ポメレンケは大きな暖炉に火をつけてくれていた。

「調理場に夕食を用意してあります。あとは温めるだけです」

そのあと、ポメレンケは納戸のわきにあてがわれた二間ある自分の部屋にさがった。しばらくして、そこからテレビの音が聞こえてきた。

ヨハナとライネンは屋敷のなかを見てまわった。家具やランプには白い布がかぶせてあり、窓の鎧戸(よろいど)が閉めてある。ひんやりとしていて、静かだ。ただ図書室の柱時計だけはチクタクと音をたてている。だれかが毎日ゼンマイを巻いているのだろう。書斎には、カーテンの隙間から一筋、日の光が射し、その太い光の筋がデスクにかかっていた。ハンス・マイヤーは毎日ここで新聞を読んでいた。新聞はいつも調理場でアイロンがけされることになっていた。インクを紙にしっかりしみつけ、手を黒く染めないようにするためだ。ヨハナとライネンは書斎にじっとたたずみ、デスクを見つめた。最初に動いたのはヨハナだ。ライネンを抱いて、キスをした。自分たちが生きていることを確かめようとするかのように。

ふたりはデスクにかかっている布をはいだ。ふたつある引き出しは、どちらも鍵がかかっていなかった。さまざまな大きさの便箋(びんせん)と、それに合わせた封筒。鉛筆のコレクション、二本の古い万年筆、テープが入っていないボイスレコーダー。棚には無数のファイルがあった。ていねいな字で件名が記されていた。決算書、予算書、招待状、公文書に私文書が西暦順、アルファベット順に並んでいた。ふたりはふたつある深緑色のソファにすわり、大量の写真アルバムをめくった。アルバムも西暦順に整理されていた。ライネンは、昔フィリップといっしょにそのアルバムをのぞいたことがある。家族の祝い事、遠出、イタリアでのバカンス、アフリカでのサファリ、オーストリアの高山での狩猟。写真に写っているたいていの顔を知っていた。

ヨハナは〝カスパー・ライネン〟と書かれたファイルを見つけた。ハンス・マイヤーは、ライネンが子どものときに送った賞状などをファイルしていた。連邦ユース・スポーツ大会、水練合格認証、スキー滑降競技の校内選手権二位の賞状。ハンス・マイヤーはその後も、ライネンが法学雑誌に寄稿した論文や批評文を会社の法務課を通して入手していた。それもクリアファイルに入れて綴じてあった。ライネンの文章には、ところどころ下線が引いてあったり、文末に疑問符が打たれたりしていた。

二、三時間後、ふたりは空腹を覚え、調理場をのぞいた。ローストビーフがあり、料理人がふたりのために焼いておいたパンがまだ温かかった。暗がりのなか、声をだすのがはばかられて、ふたりは小声で話した。ヨハナは自分の結婚生活のことを話題にした。

「両親と弟が死んだとき、彼はそばにいてくれて、毎日、孤独感と死を想う気持ちを紛らわせてくれたの。でもゆっくりと日常がもどってきた。ある日、朝食をとっていたとき、夫を見ることができなくなったのよ。夕方には気分が変わっているだろうと思ったんだけど、また朝食のとき、彼を見ることができなかった。二年間は耐えたけど、ついに我慢の限界に達したわ。今は別居しているの。わたしはロンドン、夫はケンブリッジ。こんなふうになるとはね。想像もしていなかったわ」

食後、ふたりは古いグランドピアノの布を払った。ヨハナが弾いたが、ブリュートナー製のピアノは音が狂っていた。空っぽの屋敷にうつろで狂った音ばかりが響き渡った。そのあとふたりは上の階にあるヨハナの部屋に引きあげ、たくさんの毛布をかぶっていっしょに寝た。互いを近くに感じながらゆっくり睡魔に襲われた。他人の肌の温もり。いかだに乗った漂流者だ、とライネンは思った。ふたりは愛し合ってはいない。愛などという概念に、なんの意味もありはしない。ふたりはただそこに居合わせただけなのだ。

目を覚ましたとき、昔のように犬の吠え声や、食堂に並べられる食器の音を耳にした。一瞬、部屋にたたずむフィリップの姿が見えた。朝、起きがけの、あのいつもの姿だった。蒼白い顔、くしゃくしゃの髪、パジャマを着て、モーニングガウンを羽織っている。口の端にタバコをくわえ、微笑んでライネンに目配せした。

ライネンは窓辺のベンチにすわった。夜中にまた雪が降った。温室の前に置かれた黒い鶴の像にも雪が積もっている。あたかも嘴が泉に張った氷に捕まって、凍りついてしまったかのように見えた。

午前中は納戸や地下室を調べた。ファイルをすべてひらき、棚や木箱を片端からのぞいてみた。しかし、これといってなにも見つからなかった。ヨハナは車で帰るライネンを見送った。門をくぐり、庭園から出るとき、彼はもう一度振り返った。車のうしろの窓が結露していて、ヨハナの姿がぼんやりとしか見えなかった。彼女は玄関の白い円柱に寄りかかって、白く輝く冬の空を見上げていた。

10

第十二大刑事部はベルリン地方裁判所に八つある参審裁判を執りおこなう法廷のひとつだ。法廷はコリーニに対する殺人罪の起訴状を受理した。大きな訴訟の場合は、この日をもって証拠収集の停止が命じられる。あとでコリーニの精神鑑定をすることになったときのために、精神鑑定士も参加することになった。公判で喚ばれる証人の名簿はさして長くなかった。ホテルの客と数人の従業員、取り調べに当たった捜査官などの警察官。他に法医学者と凶器の鑑定者の参考人質問が予定されている。裁判長は訴訟手続きの見通しがはっきりしていると判断し、公判日数を十日とした。

テレビのニュースにマッティンガーが顔を見せるようになった。いつもいうことは同じだ。

「訴訟は法廷で決まる」

マッティンガーは人当たりがよく、頭脳明晰な印象を与えた。三つ揃いのダークスーツ、銀色のネクタイ、白髪。カメラの撮影が終わると、彼はなにが問題になっているかジャーナリストに説明した。報道機関はマッティンガーが関わった古い裁判を紹介した。そのうちのひとつは伝説的なものだった。ある男が妻に暴行罪で訴えられた。状況証拠はそろっていた。妻の内股にできた血腫(けっしゅ)、性器から採取された夫の体液、警察の聞き取り調査に抜かりはなく、矛盾も見られなかった。夫は過去に二度、傷害事件を起こしていた。裁判長は妻に質問した。徹底していた。二時間にわたって、妻の証言の細かいところまで確認した。検察側は、質問はないといった。けれどもマッティンガーは、妻の証言を信じようとしなかった。彼の開口一番の質問はこうだった。

「偽証していることを認めませんか?」

妻は否定した。質問をはじめたのは十一時。午後六時、閉廷の時間になった。裁判長は弁護士を裁判官席に呼び、被告人に有利な提案をした。自供すれば減刑するというのだ。マッティンガーは声を張り上げた。

「見てわかりませんか?　被害者はわたしの問いかけにたじたじになっているんですよ」

次の公判でマッティンガーは質問をつづけた。そしてまた次の公判でも。結局、妻は五十七日間も証人席に立ち、マッティンガーの質問に答えた。五十八日目の朝、妻は、夫を嫉妬心から拘置所送りにしたことを認めた。最後の質問は、最初と同じだった。

「偽証していることを認めませんか？」

このとき、妻はうなずいた。被告人は無罪を言い渡された。マッティンガーは不正に我慢がならなかったし、負けを認めることもできなかったのだ。いずれにせよ、いまだかつてあきらめたことはなかった。

マッティンガーは当時、毎晩デスクに向かっていた。そこからはクアフュルステンダム大通りの光が見えた。しかし初公判前夜の今、彼は老いを感じていた。ベッドに入りたくなかった。妻に先立たれて十五年、それでも毎朝、妻を求めて寝ながら手探りしてしまう。そしてベッドにいないことに気づいて愕然とする。妻が死んだとき、彼は彼女のベッドに腰かけていた。はじめは子宮癌だった。それからいくつも悪性潰瘍が見つかった。医師団に、もはや治る見込みはないと告げられた。妻のにおいは数週間まったく変わらなかった。医薬品とモルヒネ漬けだったからだ。マッティンガーは彼女の枕元で手をにぎった。心電図の波形がまっすぐな線になった臨終の日にも。奥さんはなにも感じなかった、と医師団はいった。妻が死んだとき、マッティンガーはほっとした。けれども後日、そう思ったことを恥じた。十五年前、彼は立ち上がって、病室の窓を開けた。病院の前の道を行く人々が見えた。買い物袋を提げて家路につく人々、腕を組んで歩く人々、電話をする人々、口喧嘩をしたり、話し合ったり、笑ったりしている人々。自分はもう彼らの仲間にはなれない、とマッティンガーは痛感した。
　葉巻に火をつけると、マッティンガーはふたたびファイルにかがみこんだ。午前二時、明かりを消したとき、彼はほとんどすべて諳んじることができるほどだった。

　カスパー・ライネンもその夜、遅くまで起きていた。夜中の三時半まで自分の弁護士事務所にいた。デスクには紙の山がうずたかく積もっていた。書類は目撃者の証言調書、参考人調書、警察報告書、鑑識結果報告書。ライネンはなにかを探していた。だが、それがなにかわかっていなかった。なにか重要なことを見逃している。どこかにこの殺人事件を解き、この世界にふたたび秩序を取りもどすことができる鍵があるはずだ。タバコの吸いすぎで、神経が高ぶっていた。不安だったのだ。デスクの横のサイドテーブルにハンス・マイヤーからもらったチェス盤がのっていた。古いチェスのコマは紙の束の上に散らして置いてあった。ライネンはヨハナのことを思った。スピード写真で撮った四枚の白黒写真が、セロハンテープでデスクライトの笠に貼ってあった。彼女は明日法廷に来るだろう。祖父を殺した犯人を見たいといっていた。ライネンは白黒写真を見て、疲れていることに気づいた。ライネンはアタッシェケースを探した。起訴状だけをなかに入れた。明日は他にはなにもいらないはずだ。それから白のキングのコマをズボンのポケットに入れ、コートを着込むと、ローブを腕にかけて事務所を後にした。

夜の空は雲ひとつなく、寒かった。明日は三人の職業裁判官とふたりの参審員に、検察官、公訴参加代理人、そして自分が法廷に集まって被告人について議論するのだ。八つの異なる人生を持つ八人、それぞれに異なる願望を抱き、不安や偏見を持っている。みんな、訴訟手続きの仕方を定めた古い法律、刑事訴訟法に従うことになっている。刑事訴訟法について論じた本は数百冊になる。四百にのぼる条項のひとつでもないがしろにすれば、判決は帳消しにされる。ライネンはマッティンガーの弁護士事務所の前を通り、事務所の窓を見上げた。老弁護士はいっていた。「訴訟はひっきょう正義を求める戦いだ、法を定めた先達(せんだつ)はそう意図していた。決まりは明快で厳密だ。それが考慮されるときのみ、正義が生じる」

クアフュルステンダム大通りのショーウィンドウの前に、娼婦が数人立っていた。ひとりがライネンに声をかけてきた。彼は丁重に断り、夜のベルリンを歩いて家路についた。

午前六時、廷吏たちは裁判所内を歩いてまわる。法廷の扉の横に、その日の予定表をかけることになっているのだ。予定表には、だれに対する公判で、いつ開始されるかが記されている。予定表を所内に掲示し終えるまでには、およそ一時間かかる。モアビート裁判所は十二の法廷を擁し、十七の吹き抜けのある階段でつながっている。毎日およそ三百の公判がおこなわれている。
木製の大きな二枚扉には〝500〟という文字があった。モアビート裁判所最大の法廷だ。廷吏はその扉の横に画鋲で一枚の紙を貼りつけた。

第十二大刑事部
●参審裁判
●被告人　ファブリツィオ・コリーニ、罪状　殺人
●午前九時開廷

11

「コーヒーを一杯」

カスパー・ライネンは寝不足だったが、体内にはアドレナリンがあふれ、頭は冴えわたっていた。彼は裁判所の向かいのカフェ・ヴァイラースにすわっていた。裁判所に用のある者はきまってここを訪れる。手作りのケーキやオープンサンドがあった。カフェ・ヴァイラースこそ、刑事裁判所の中心だという人も多い。ここには毎日、弁護士、検察官、裁判官、参考人が訪れ、訴訟について話し合われ、取り決めが結ばれる。

「かしこまりました。今日は早いですね」ウェイトレスは美しいトルコ人の娘で、裁判所ではいろいろなうわさ話が飛び交っていた。

ライネンがカフェに入ったのは午前八時、公判がはじまる一時間前だ。裁判所前の歩道にテレビ局のカメラが列をなし、駐車した中継車が道路の半分を占拠している。分厚いコートに身を包んだカメラクルーと薄いスーツを着たリポーターが寒空の下に立っていた。たいがいの撮影チームはすでに裁判所から撮影許可を取得していた。カフェ・ヴァイラースにも報道陣が詰めかけ、落ち着いているふうを装っていた。

若い検察官の一団がカフェに入ってきた。そのうちの数人は、司法修習生時代にライネンと同期だった。裕福な弁護士と貧しい国家公務員についてのジョークを飛ばし合った。ライネンはそこで、検察局大刑事部ではだれひとりこの裁判にどんでん返しがあると思っていないと教えられた。

ライネンはコーヒーを飲み干して、別れを告げた。検察官のひとりが彼の肩をたたいて、励ましてくれた。コーヒー代をカウンターで払うと、道路を横切って、裁判所の表玄関へ向かった。事務官に裁判所発行の身分証を呈示し、傍聴人の長い行列の横を通してもらい、裁判所の中央ホールに入った。

ここに入ると、いつも圧倒される。ホールの高さは三十メートル。大聖堂の伽藍(がらん)に等しい。吹き抜けの階段に飾られた石像があたりを睥睨(へいげい)している。六体の石像はそれぞれ宗教、正義、好戦、平安、虚偽、真理をあらわす寓意(アレゴリー)だ。被告人と証人はここで肝を冷やし、司法機関の力に恐れおののく仕掛けになっている。床のタイルには〝KCG〟の文字がいつも通りに刻まれている。「王立刑事裁判所(ケーニクリヒエス・クリミナルゲリヒト)」のイニシャルだ。ライネンは側翼(そくよく)の陰に隠れて見えないエレベーターで二階に上がり、五〇〇号法廷に足を踏み入れた。

平日だというのに、傍聴席に用意された百三十人分の席はぎっしりだった。報道関係者席は報道陣の要請で、座席が撤去されていた。みんな、肩すかしを食らうだろう。初公判は、たいてい起訴状が朗読されるだけで終わるからだ。

それでも主だった新聞社はすべて記者を寄こしていた。ライネンはひとりも顔を知らなかった。テレビクルーが四組、法廷のなかを歩きまわり、撮影が許可されているものをカメラに収めていた。書類の山。法令集。そしてもちろんファブリツィオ・コリーニのことも。彼は弁護人席のうしろに設置されたガラスの檻に入れられ、傍聴席からはほとんど姿は見えず、映像にはコメントがつけられなかった。

ライマース上席検察官は窓のある側に着席し、時計を見ていた。手元には小さな赤い書類入れが置いてある。入っているのは起訴状だけだ。今日は他になにも必要ない。公判は短時間で終わることになっている。検察官の横には、ガラスのパーティションで遮られて、公訴参加代理人のマッティンガーがいた。

ライネンは指定の席につき、アタッシェケースから起訴状をだし、かつてハンス・マイヤーからもらったチェスの白のキングをテーブルに置いた。ヨハナは最後に姿をあらわした。報道関係者から質問攻めにあわないようにするためだろう。彼女が相手側にいるのを見るのはかなり辛かった。

午前九時をすこしまわったところで、裁判所書記官がマイクに向かっていった。

「ご起立ください」

傍聴人と裁判関係者がいっせいに起立すると、裁判官席のうしろの小さな扉が開いた。ライネンは、その扉の向こうに評議室があることを知っていた。そこには長いテーブルと椅子があり、電話が一台と洗面台が備えつけられていた。

最初に出てきたのは女性の裁判長だ。左手がかすかにふるえていた。裁判官席に並ぶ背の高い椅子五脚、そのなかの中央の席の前に裁判長は立ち、ふたりの職業裁判官がその左右に並び、両端の席に参審員たちが陣取った。参審員以外の三人は全員、黒いローブを羽織っている。五人は三、四分、カメラクルーのほうを見ていた。

「さて、みなさん、そろそろいいでしょう。法廷からご退室願います」裁判長は気さくにいった。ひとりの廷吏が法廷の扉を開け、他のふたりがカメラの前に立ち、腕を広げた。

「裁判長のおっしゃったことを聞きましたね。法廷からご退室願います」

法廷はしだいに静寂に包まれた。

「被告人は出廷していますか?」裁判長が右側にいる裁判所書記官に声をかけた。書記官も黒いローブを羽織っていた。若い女性で、髪をポニーテールにしている。

「はい」書記官はいった。

「よろしい。では、はじめましょう」裁判長は一呼吸置いて、マイクを引き寄せた。「被告人ファブリツィオ・コリーニに対する第十二大刑事部の審理を開始します。着席してください」

それから裁判関係者が出席しているかどうかが確認され、裁判所側職員の氏名が読み上げられた。そのあと、コリーニの年齢、経歴、家族状況について人定質問がなされた。引きつづいて、裁判長は上席検察官のほうに顔を向け、起訴状の朗読を求めた。ライマースは起立して、短い起訴状を朗読した。十五分もかからなかった。犯行の全容が簡潔に陳述された。裁判長は、法廷が主要手続きに移り公判を開始するのを認めると宣言し、コリーニに黙秘する権利があることをていねいに説明した。

裁判所書記官はコンピュータのキーボードを打った。

〝被告人は黙秘権について教えられた〟

それから裁判長はライネンをまっすぐ見た。

「弁護人、すでに依頼人と話し合っていると思います。被告人に供述の意志はありますか？」

ライネンは手元のマイクのスイッチを入れた。小さな赤いランプがともった。

「いいえ、裁判長、被告人には当面供述する意志がありません」

「当面というのは、どういう意味でしょうか？　後日、被告人は供述するということですか？」

「まだ決断を下していません」

「それでよろしいのですか、被告人コリーニ？」裁判長がたずねると、コリーニはうなずいた。「わかりました」そういうと、裁判長は眉を上げた。「これで今日は所定の手続きを終えました。次回公判は水曜日です。裁判関係者を召喚します。本日の審理はこれにて終了します」それから片手でマイクをつかんでいった。「ライマース上席検察官、マッティンガー弁護士、ライネン弁護士、すこしここにとどまってください。審理の枠外で話がしたいのです」

ライネンはコリーニのほうを向いて、別れを告げようとした。依頼人はすでに立ち上がって、刑務官のほうへ歩きだしていた。法廷から人がいなくなるまで十五分近くかかった。裁判関係者だけになると、裁判長はいった。

「みなさん、これが前例のない審理であることはおわかりと思います。被害者は八十五歳、被告人は六十七歳。被告人に前科はなく、非の打ちどころのない生活を営んでいました。長期にわたる捜査にもかかわらず、動機は不明のままです」裁判長はライマース上席検察官をじっと見つめた。検察局に非があるといわんばかりの口調だ。「みなさんにいっておきます。途中で覆（くつがえ）すようなことはしないでください。弁護側、検察側、公訴参加側、三方にいいます。もしなんらかの申し出か表明を計画しているのであれば、今ここでおっしゃってください」

裁判官、ライマースとマッティンガーはライネンを見た。なにをいいたいか明らかだった。みんな、コリーニの動機を知りたいと欲するあまり、ライネンが失態を演じるのではないかと案じているのだ。

「裁判長」ライネンはいった。「ご存じのように、みなさんのほうが、わたしより経験が豊富です。わたしは参審裁判はこれがはじめてです。ですので、こんなことを質問することをお許しいただきたいのですが、裁判長は被告人コリーニがどのように自己弁護するつもりか、わたしから聞きたいということでしょうか。被告人コリーニはただ今の公判で、当面黙秘するつもりだと裁判長にいったはずです。にもかかわらず、こういう場で、わたしからなにかを引きだそうとされるのですか?」

裁判長は微笑んだ。ライネンは微笑み返した。

「なるほど」裁判長はいった。「被告人の弁護で不手際が起こる心配は無用のようですね。では当面このまま進めましょう。ではごきげんよう。水曜日にまた会いましょう」

ライマースは書類を片付けた。ライネンとマッティンガーは法廷の扉へ向かった。マッティンガーはライネンの腕に手を置いた。

「うまくいなしたな、ライネン弁護士」マッティンガーはいった。「次は報道機関だ」

マッティンガーはライネンに軽くうなずいて、両開きの扉を開けた。カメラマンのストロボで、ふたりは目がくらんだ。マッティンガーはテレビカメラのライトに照らされた。日焼けした肌が白く見えた。ライネンは彼の言葉を聞いた。

「審理の推移を見守ってください、みなさん。申し訳ないが、今はまだなにもコメントできません。待っていてください」

ライネンは報道陣をかきわけて通り過ぎた。


裁判所の前に止めたタクシーのなかでヨハナが待っていた。ふたりはシャルロッテンブルク宮殿へ向かうようにいった。ふたりはそれぞれの窓から外を見つめた。なにを話したらいいかわからなかった。日差しは暖かかったが、宮殿の裏の庭園には雪が積もっていて、風が冷たかった。老婦人が小径(こみち)で鳥に餌(えさ)やりをしていた。冬のあいだにまくつもりだった餌が余ってしまったのだろう。

「カラスは物乞いをすることがない」ほかにいうことも見つからないので、ライネンはそういった。

ふたりはしばらくなにもいわず、並んで歩いた。靴底が薄くて、道の砂利が当たる。ティーハウスの空色の銅葺き屋根が日を浴びて輝いていた。シュプレー川に浮かぶ遊覧船のスピーカーから声が聞こえた。さっきの老婦人が庭園のベンチに腰かけているのが見えた。指先の部分を切り取った赤い毛糸の手袋をはめている。鳥の餌を入れた袋は空になっていた。

ヨハナが突然、足を止めて、ライネンを見た。彼女の右の眉に小さな傷痕があることに、ライネンははじめて気がついた。

「寒い」ヨハナはいった。「家に帰りましょう。わたし、明日ロンドンにもどらなければならないの」

ライネンは司法修習生のときからずっと同じアパートに住んでいた。引っ越しをする気がなかった。広さは充分だ。二間、ベルリンの古いアパートの典型的な間取り。しっくい壁、高い天井、寄せ木細工の床、専用の浴室。壁という壁に本棚が置いてあり、他の場所にも本が積んであった。床やソファや椅子の上にも、湯船の縁にも。ヨハナは家じゅうを見てまわった。木製の仏陀の頭像が本にはさまれるようにして置いてあった。本棚には東アフリカで作られた錆びた槍の穂先が飾ってあり、廊下には鉛筆デッサンが二枚かけてあった。ロスタールの果樹園を描いたものだ。窓辺には写真が数枚立ててあった。緑色の帽子をかぶった父、林務官屋敷の前に立つ母。銀縁の写真立てには寄宿学校の表階段に並んだ六人の若者の写真が飾ってあった。ヨハナはそのなかにライネンとフィリップを見つけた。

ふたりは人心地つくまでコーヒーを飲んだ。ヨハナがロンドンでどんな生活をしているか話した。彼女の友人たち、そして彼女が勤めるオークションハウスのことなど。ヨハナがそのうち、テーブルに身を乗りだすようにして顔を前にだした。ライネンは彼女の顔を両手で包み、キスをした。パン皿がタイル敷きの床に落ちて割れた。ヨハナは明日の早朝出発し、彼の知らないロンドンの暮らしにもどるのだ。

朝五時頃、ライネンは目を覚ました。部屋のなかはまだ暗かった。ヨハナは裸のままバルコニーに通じる扉の前の床にしゃがみこんでいた。両足を立てて、頭を膝にのせ、泣いていた。ライネンは立ち上がって、彼女の肩に毛布をかけた。

朝、ライネンはヨハナを空港へ送っていった。出迎えたり、別れを惜しんだりする人々。子ども時代を破壊する刑事訴訟とは無縁の人々。ヨハナはライネンにキスをして、チケットコントロール・カウンターを抜けて、曇りガラスの向こうに消えた。フィリップのときと同じように、ヨハナのことも失うようで、ライネンは不安だった。突然、彼の周囲が淀(よど)

んだ。ベンチ、床、人間。音まで響きがにぶくなり、遠くから聞こえてくるようだった。光もいつもとちがっていた。キャリーバッグを引いた若い娘がぶつかってきたが、ライネンはよけることができなかった。彼は十分近く空港のコンコースに立ち尽くした。自分の姿が見える。縁もゆかりもない他人のように。

ライネンは両手を合わせ、指の形や大きさを思いだそうとした。ゆっくりと自分を取りもどした。トイレに寄ると、顔を洗い、自分が自分であるとしっかり感じられるようになるまでしばらく鏡をのぞきつづけた。

空港の売店で新聞をありったけ買い込み、空港駐車場に止めた車のなかで目を通した。大衆紙は裁判をトップ記事にしていた。交通違反を取り締まる補助警官が窓ガラスを叩き、いつまでもここに駐車していてはいけないと注意した。

12

最初の五回の公判では、証人尋問と参考人質問がおこなわれた。裁判長は周到に準備していた。決まった質問を徹底的におこなった。先入観にとらわれてはいないようだ。予期せぬことはなにも起こらず、証人は事前に警察に証言したとおりのことを繰り返した。ライマース上席検察官はほとんど質問をせず、ときどき補足をするくらいだった。

審理はほとんどマッティンガーの独壇場（どくだんじょう）だった。最初の参考人は法医学者のヴァーゲンシュテットだ。マッティンガーは銃弾の発射角、入射口、射出口を確認し、踏みつけたり、蹴ったりした箇所について質問し、それから司法解剖の写真について事細かく説明を求めた。ライネンは、参審員が解剖写真に顔をしかめたことに気づいた。きっとそれを記憶にとどめるだろう。マッティンガーは、だれにでもわかる言葉で質問をした。ヴァーゲンシュテットが医学の専門用語を使うと、マッティンガーはわかりやすい言葉に言い換えるよう求め、法医学者にその用意がないと、自分で簡潔な言葉に言い直した。二時間後、法廷にいた人々は、無防備の老人をひざまずかせ、後頭部を銃で撃った残虐な犯人のイメージを植えつけられた。マッティンガーは一切声を荒らげず、大げさなジェスチャーをすることもなかった。老弁護士は静かに席につき、簡単な質問をした。見るからにおっとりかまえ、その場にいる人々の脳裏に植えつけたイメージに働きかけた。

五回の公判が終わると、残る審理はもう決まり切った手続きをこなすだけのように見えた。裁判長は相変わらず人当たりがよく、髪をポニーテールにした裁判所書記官はライネンを気の毒そうにちらちら見た。報道陣の関心は減退し、法廷にやってくる人数は日増しに減っていった。新聞には、コリーニはただの精神異常者だという論調が目立つようになった。第六回公判で、ふたりいる参審員のひとりが病欠した。重いインフルエンザにかかったのだ。裁判長は公判を十日間中断すると決定した。

ライネンは、裁判に負ける覚悟を固めていた。毎晩、事務所にこもり、書類を読みつづけた。証人の目撃証言、解剖所見、参考人の鑑定書、刑事捜査官のメモ。どれもこれも百回は見直した。事務所の壁には現場写真が何枚も貼ってあった。毎日ためつすがめつ眺めてみたが、なにも発見することができなかった。その日も、いつもと同じだった。夜の十時頃、デスクライトを消した。タバコの火が灰皿で赤く燃えているのが見え、フィルターが焼けるにおいがした。マッティンガーはいっていた。よく考えることだ。答えはいつもファイルのなかにある。それを正しく読み解くセンスさえあればいいのだ、と。

「弁護を望んでいない人間をどうやって弁護したらいいんだろう」ライネンは考えた。

そのとき、誕生日を迎えた父に電話を入れていなかったことを思いだした。時計を見てから、ライネンは薄暗い部屋のなかで電話をかけた。

父はいつもの調子だった。

「今、ライフル銃の掃除をしているところだ。今日は一日猟場に出ていて、そのあと飼い葉桶をきれいにした」といった。

受話器を下ろしたとき、銃のバリストルオイルのにおいが鼻先に漂うような錯覚がして、ライネンは目を閉じた。と、そのとき、はっとして明かりをつけ、現場写真を貼った壁に駆けよった。フォルダー二十六、番号五十二。写真の下に捜査官が〝凶器 ワルサーP38〟と書き込んでいた。ライネンは拳銃を仔細に見てから、デスクにのっていたルーペを取った。ワルサーなら知っている。それからもう一度、父に電話をかけた。


翌朝、ライネンはベルリン発ルートヴィヒスブルク行きの列車に乗った。手掛かりが見つかったのだ。漠然とした、なんとも心許ない手掛かりだが、手掛かりであることに変わりない。ルートヴィヒスブルク駅で、彼はタクシードライバーに目的地の住所を告げた。

「そんなに遠くないですよ。歩いてもいけますけど、もちろん車を走らせてもいいです」と、タクシードライバーはいった。タクシーのなかは、タイムとパチョリのにおいがして、バックミラーに数珠(じゅず)つなぎになったトルコの目玉のお守り(ナザール・ボンジュウ)がぶらさげてあった。かつて有数の国防軍駐屯地(ちゅうとんち)だったこの町には細長い建築物が多く、それも黄色と淡紅色に染められていた。すべてが整然としていた。タクシードライバーは、どこから来たのか、とライネンにたずねた。

「そうですか、娘がベルリンの大学で勉強していますよ。すごい町らしいですね。ルートヴィヒスブルクと同じで。でも、もっと大きいそうですね」

タクシーは市庁舎や宮殿の前を通って、町外れの建物の前に止まった。ライネンはタクシーを降りると、小さな広場を横切った。左に町の古い玄関口にあたるゲートハウスがある。かつては墓掘り人の住まいで、数年のあいだ児童自立支援施設だったこともある。道路に面する側の壁面が狭くて高い建物で、地元の人間から「丸太小屋」と呼ばれている。この建物はまた長く拘置所だったこともあり、周囲は壁で囲まれている。ここにライネンがめざす機関が二〇〇〇年から入っていた。

ライネンはインターホンに向かって何度も自分の名を告げた。インターホンは接続が悪いのか、雑音がひどかった。電気錠が解錠される音がして、赤錆(あかさ)びた門が開いた。ライネンは中庭を通って鉄扉まで進んだ。扉はひらいていた。ポリ塩化ビニールの床、蛍光灯、生染めの壁紙といった、いかにも官庁らしい内装だ。玄関の守衛室には、空の瓶ケースがいくつも置いてあった。青い制服を着た職員たちは暇を持て余し、親切だった。なにもかも使い古しで、いささかくたびれていた。しかし、だれもそのことを気にしていない。修復のことを考える者など、ここにはひとりもいなかった。

礼儀正しい、おっとりした男がライネンを出迎え、二階の閲覧室へ案内すると、手続きの流れを説明してくれた。ライネンは電話で事前に連絡をしていた。だが、具体的になにを調べたらいいかわからないままだったので、名前と地名を伝えただけだった。彼はだめでもともとと思っていたが、連邦政府職員は百五十万枚におよぶカードのなかから探しものを見つけだしていた。請求した史料は明るい色のテーブルに積み上げられていた。きれいに件名が記された青灰色のファイルボックスが十四冊。そのうしろの席にすわっている年配の女が、よく見えないほどだった。女はファイルボックスに収めてあった紙を一枚ずつのぞきこんでは、右から左へ文字を追い、しきりに首を振り、ときおりため息をついていた。

居ずまいの正しい職員が立ち去ると、ライネンは立ったまま最初のファイルボックスを手にした。蓋を開けるのがためらわれた。窓の向こうにバス停が見えた。男子生徒がひとり、そこでガールフレンドといちゃついている。ふたりは笑いさざめき、抱き合って、キスをした。ライネンは上着を脱ぐと、椅子の背にかけた。それから着席して、ファイルボックスから薄紙の束を取りだした。

夕方、駅のそばに安いペンションを見つけ、部屋を取った。夜中、貨物列車が通過する音がひっきりなしに聞こえた。窓の前にある交通信号の発する光が、彼の部屋を赤や黄や青に染めた。ライネンはルートヴィヒスブルクに五日間逗留した。毎朝八時にホテルを出て、短い距離を歩いた。彼は観光ガイドの本を買って、この町の歴史が戦争の歴史そのものであることを知った。

一八一二年、ヴュルテンベルク王国軍はここを発し、ナポレオンの遠征に従った。従軍したのは一万六千人の男たち。そのほとんどがロシアで帰らぬ人となった。第一次世界大戦、百二十八人の将校と四千百六十人の兵卒が戦没者となった。〝アルト＝ヴュルテンベルク連隊〟〝名誉ある戦場にて〟戦没者記念の石碑にはそう刻まれていた。一九四〇年にナチのプロパガンダ映画『ユダヤ人ジュース』がこの町で撮影された。かつてヴュルテンベルク大公家の顧問官を務めたユダヤ人ヨーゼフ・〝ジュース〟・オッペンハイマーがここに住んでいたから、というのがその理由だった。

ライネンは閲覧室にこもりつづけた。机の上のファイルボックスは日に日に高くなり、メモをした用紙の枚数が増え、メモ帳がどんどん消費された。あまりに多くのコピーを依頼したため、職員がため息をつくほどだった。ライネンは日が暮れるまで調査をつづけた。休憩を取ることも忘れ、目が充血した。はじめのうちはどこから手をつけたらいいかわからず、書類を読んでも頭に入らなかった。しかしやがて様相が一変した。殺風景な大部屋に眠る書類たちが息を吹き返したのだ。あらゆる書類が彼にまとわりつき、夜中も書類の夢ばかり見た。ベルリンにもどったとき、彼は二キロも体重が減っていた。コピーした書類を入れた段ボール箱をいくつも自分の事務所に運び込み、アパートに帰ってカーテンを閉め、週末をずっとベッドのなかで過ごした。月曜日、拘置所にコリーニを訪ねた。そして七時間後、拘置所を出たライネンには、なにをすべきかわかっていた。

13

裁判が再開される前日、マッティンガーは六十五歳の誕生日を祝った。ライネンは遅刻した。事務所でぎりぎりまで次回公判のために準備をしていたのだ。おんぼろ車は屋敷からかなり離れたところに路上駐車するしかなかった。高級車が列をなして止まっている道をたどって、マッティンガーの敷地の前に着くと、警備員に招待状を見せて屋敷に入った。マッティンガーは八百人の客を招待していた。湖に面した芝生には大きな天幕が張られ、楽団がジャズを演奏し、色とりどりのガラスのカンテラが、ふたつあるテラスや芝生や小栈橋(さんばし)のいたるところに立ててあった。マッティンガーは大きなボートをレンタルしていた。ボートはときどきもどってきては、客を乗せてまた湖に出ていった。

客のなかにはライネンの知った顔もいた。数人の俳優、テレビの女性ニュースキャスター、サッカー選手、有名なヘアデザイナー、二日前に拘置所から仮釈放されたばかりの銀行頭取。ライネンはビュッフェからすこし食べ物を取った。この二日間、事実上なにも口にしていなかった。楽団の演奏はなかなかよかった。ライネンはその歌姫のＣＤを持っている。しばらく聞き入っていると、楽団が休憩に入った。マッティンガーを探したが見つからなかったので、ライネンは小桟橋に足を向けた。白いクッションをのせた幅広い籐製のベンチがいくつもその小桟橋に置いてあり、カンテラの淡い光にうっすら浮かんで見えた。ライネンはひとりだった。ヴァンゼー湖に霧が立っていた。この季節にしてはやけに冷えた。数艘のボートがゆっくりと湖面を進んでいる。斜面の上に建つマッティンガーの屋敷は煌々と照らされ、湖面に映っていた。ライネンはタキシードの襟を立てた。ポケットから父譲りの銀のタバコ入れをだして、タバコに火をつけた。水が小桟橋の支柱に当たって音をたてていた。

「こんばんは、ライネン弁護士。あなたが来ていれば、おそらくここにいるはずだ、とマッティンガーさんにいわれました。あなたのことをよくわかっているようですね」

ライネンはすわったまま声のしたほうに首をまわした。マイヤー機械工業の法律顧問バウマンだ。グラスを手にして、ウイングカラーシャツを着ていた。暗がりなのに、顔が赤いのがわかる。ライネンは立ち上がって、手を差しだした。バウマンはとなりのベンチに腰かけた。

「マッティンガーさんはすばらしい屋敷をかまえていますな」バウマンはいった。「水上花火が楽しみです」

「霧が濃すぎて見えないでしょう」ライネンはいった。

「まあ、そうかもしれません。裁判のほうはどうですか?」

「ありがとう」ライネンはいった。そのことは話題にしたくなかったので、また黒い湖面に視線をもどした。

「ひとつ提案をしたいのですが」バウマンはいった。

「提案?」

「じつのところ、あなたの依頼人がどういう罰を受けようが興味はないんです。まったく興味がないといっていい」バウマンは足を組んだ。

「それでいいのだと思いますよ」ライネンは話したくなかった。

「はっきりいっておきましょう、ライネン弁護士。あなたがルートヴィヒスブルクに行っていたことはわかっているんです」

ライネンはバウマンを見た。

「弁護人を降りたほうがいいですよ。それが最善の策です」バウマンはいった。

ライネンはなにもいわず、バウマンがその先をいうのを待った。

「じつはわたしもかつては弁護士でした。どんなに辛い仕事かわかっているつもりです。功名心にはやりたくなる気持ちもね。訴訟に全身全霊を打ち込んでしまう。それがもっとも重要なことに思えてね。あなたがただの駆けだしの弁護士なら、気にもしません。しかしマイヤー家とは深い縁がある。あなたには将来があるわけで……」

「それで?」

「……とにかくこの訴訟から手を引くことです。マイヤー機械工業が私選弁護人を雇います。やってもいいという弁護士がいるんです。それであなたは自動的に義務から解放され、手が引けるわけです」バウマンの声はあいかわらず親しげだった。大きなボートがもどってきたのか、霧の向こうから話し声が聞こえてきた。女の明るくはしゃぐ声、笑いさざめく声。ボートのサーチライトが小桟橋を照らし、バウマンの眼鏡がきらっと光った。

バウマンは身を乗りだして、ライネンの腕に手を置いた。そして子どもを相手にするような見下した口調でいった。「わからないんですか、ライネン弁護士? わたしはあなたが好きなんだ。あなたは弁護士になったばかりで、順風満帆な出世街道が待っている。台無しにするのはもったいない」

「バウマンさん、お願いですから、このパーティを楽しもうじゃないですか。ここはそういう話をする場所ではありません」

バウマンは急に切羽詰まったように声を押し殺した。

「いいかね。あんたがルートヴィヒスブルクでなにを掘り起こしたのかは知らない……われわれは知りたいとも思っていない。われわれは早く幕引きにしたいんだ。毎日、新聞に騒がれては、会社が困るんだよ」

「わたしにはなにもしてあげられません」

「いいや、あんたならできる」バウマンは深呼吸した。「陳述をしなければいい。このまま訴訟手続きを終わらせるんだ。声を上げない。わかるかね？」

「どうしてそうしなければならないのですか？」

「われわれは法廷で、減刑に応じる用意がある」

「それが役に立つとは思えませんが」

「さらにあんたの依頼人に成り代わって、われわれが弁護費用の穴埋めをしよう」

「あなたがなにをするですって……？」

「われわれが金をだす。訴訟手続きを終わらせるためなら、いくらでもだす」

ライネンは一瞬、なにもいえなかった。口のなかが乾いた。ひとりの人間の過去を買い取るというのか。

「弁護費用を肩代わりするから、わたしに、コリーニの弁護を辞めろというのですか？本気でいっているのですか？」

「役員会の提案だ」バウマンはいった。

「ヨハナ・マイヤーはそのことを知っているのですか？」

「いいや、これは会社とあんたの問題だ」

つまり会社は恐れているということか、とライネンは思った。今までやってきたことはすべて正しかったのだ。だがそれがわかったところで、満足感は得られなかった。

「話に乗りたまえ……」バウマンの赤ら顔が一瞬、ボートのサーチライトに照らされた。

「……よく考えてくれ。あんたの法律事務所は、うらぶれたところにある。乗っている車は一五年物だ。顧客は小物ばかり、扱う事件は酒場の喧嘩。うちと関係している銀行が今、デュッセルドルフで問題を抱えているんだよ。おそらく戦後最大のインサイダー取引訴訟になるだろうな。なんなら、被告人をひとり、あんたにまわしてもいいんだ。大もうけができるぞ。日当は二千五百ユーロだ。別途、付帯経費が支払われる。主要手続きは一年かかるだろう。実質百日にはなる。あんたが望むなら、われわれが手配しよう。他にも依頼人をまわしてやってもいい。よく考えるんだ、ライネン弁護士。あんたがこれからすることで、人生の残りが決まる……」

バウマンはなおもしゃべりつづけたが、ライネンはもう聞いていなかった。霧が濃くなり、風が吹きはじめた。頭上で、飛んでいく一羽のマガモの声が聞こえたが、姿は見えなかった。ライネンはバウマンの言葉を遮（さえぎ）った。

「お言葉ですが、あなたの誘いは受けられません」

「な、なんだって?」バウマンは表情を取り繕うことができなかった。本当に意表をつかれたのだ。

「あなたにはわからないことです」小声でそういうと、ライネンは立ち上がった。「ごきげんよう」

ライネンは小桟橋から天幕のほうへもどった。うしろからバウマンの声が聞こえた。大きなボートは湖上で向きを変え、ライトが湖岸を照らした。タキシードやイヴニングドレスに身を包んだ数人の客が天幕の前にたたずみ、ボートに乗っている人々のほうに杯をあげ、乾杯といった。ディーゼルオイルと腐った水のにおいがした。

ライネンは天幕の前をとおって、家に通じる階段を上った。マッティンガーは煌々と明かりがともった部屋のなかに立っていた。愛人の腰を抱いている。愛人が湖上に浮かぶなにかを指差していたが、マッティンガーは別のほうを見ていた。ライネンはいとまを告げるべきか考えた。だがそこには、あまりに多くの人々がたむろしていた。彼はそのまま自分の車に向かった。車のロックを解錠したとき、花火が揚がった。彼はボンネットに腰かけて、タバコをくゆらしながら、しばらく花火を鑑賞した。

自宅は蒸し蒸ししていた。窓を開けて、服を脱ぐと、ベッドに横たわった。「弁護人は弁護する。それ以上でも、それ以下でもない」マッティンガーはそういっていた。その言葉が救いになるはずだったが、なんの効き目もあらわさなかった。そのときヨハナが脳裏に浮かんだ。そしていよいよ明日からファブリツィオ・コリーニの裁判が本当にはじまるのだと思った。

14

　公判七回目。裁判長は開廷の呼び上げをおこなわせ、関係者が全員そろっていることを確かめてから、それを公判記録に残し、病気になった参審員が全快したのは喜ばしいことだといった。

「関係各位にひと言伝えることがあります」裁判長はいった。「昨日、弁護人より依頼人からの反証がある旨、連絡を受けました。今日は他に予定もないことですので、弁護人の説明を聞きたいと思います」裁判長はライネンに顔を向けた。「それでよろしいですか？」

「はい、裁判長」

「いいでしょう、弁護人。では話してください」裁判長は背もたれに体を預けた。

　ライネンは水を一口飲んで、ヨハナを見た。彼女には昨日のうちに、辛い話をする、他にどうしようもない、と電話で伝えてあった。ライネンは静かに腰を上げると、背筋を伸ばして弁論台に立ち、用意した陳述書を読みはじめた。ゆっくりと穏やかに淡々と。法廷にいる者たちはみな、はじめての大きな裁判で、若い弁護士が緊張しているのを感じた。

法廷で聞こえるのは、彼の声を除けば、紙をめくる音だけだった。めったに顔を上げなかったが、上げたときには裁判官ひとりひとりを見つめた。ライネンは法廷で使われる無駄のない言葉で陳述した。その内容は、コリーニから直接聞いたことと、ルートヴィヒスブルクにある文書のなかから自分で見つけた事実だけだった。陳述書を彼が朗読し、恐ろしい出来事を一文一文たどるように読み上げるうちに、法廷の空気が変わった。人々が、風景が、そして町並みがそこに出現したのだ。言葉はイメージに変わり、命を宿した。聴衆のなかには、コリーニが子ども時代を過ごした畑や野原のにおいがした、とあとで感想を述べた人もいた。しかし、カスパー・ライネンの内面で起こっていたのは、それとは異質なものだった。彼は何年にもわたって教授の講義を聴いてきた。法文を読み、教授たちの解釈を学び、刑事訴訟を理解しようと努めてきた。だが今日、自ら発言しながらはじめて、問題はまったく別のことだと思い至った。問うべきなのは、虐げられた人のことなのだ。

†

「イテ、ミッサ・エスト——行きましょう、主の平和のうちに」司祭の声はしわがれていたが、気持ちがこもっていた。

「デオ・グラティアス――神に感謝」十一人の子どもが声をそろえていった。

子どもたちはしばらくそのまま立って動かなかった。駆けだすのがためらわれたのだ。もちろん日曜日のミサのあと、二時間も聖体拝領の教えを受けるのは、いつも苦痛でならなかった。年老いた司祭は話がうまい。話の内容もたいてい悪くなかった。けれども厳しい。ファブリツィオ・コリーニが籐の杖ではたかれるのは一度や二度ではなかった。ようやく司祭が扉を開け、相好を崩していった。

「さあ、早く行きなさい」

子どもたちは校舎の廊下を走って、冷たい十一月の日差しのなかに駆けだした。ファブリツィオは自転車に飛び乗った。

「じゃあ、あした」

みんなにそう声をかけて、自転車をこいだ。自宅までは十七キロある。家に帰ったら、この堅苦しいよそ行きの上着をすぐに脱いで、〝泥棒〟の恰好をするつもりだ。まだ間に合うかもしれない。古い水車小屋まで自転車で急げば、遊んでいる友だちに合流できるだろう。

一九四三年十一月十四日、ファブリツィオは九歳だった。家では一頭の雌牛と四頭の豚、十一羽の雌鶏と二匹の猫を家来に従えていた。世界一の将軍であり、自転車競技選手であり、サーカスの軽業師だった。彼は軍用機が撃墜されるところや、兵士がふたり死んでいるところを目撃したことがある。そして、双眼鏡と自転車と鹿角の握りのついたポケットナイフを持っている。それにあまり仲のよくない六歳上の姉がいた。そして今は、腹ぺこだった。

ファブリツィオは野道を越えて近道をした。コリーダ村と父の小さな農場のあいだには丘がある。週末に恋人たちが遠出を楽しむ場所だ。そこからは遠くまで眺望が楽しめる。このあたりはまだ静かなものだった。

連合軍は四ヶ月前、シチリア島に上陸し、独裁者ベニート・ムッソリーニは失脚し、逮捕された。国王はピエトロ・バドリオ将軍に軍事政権の樹立を要請し、その直後、連合国と新しいイタリア政府のあいだで休戦協定が結ばれた。一方、ムッソリーニは一九四三年九月十二日、アドルフ・ヒトラーの命令を受けたドイツ空軍降下猟兵部隊によって、幽閉されていた山間のホテルから救出され、十日ほどして、ドイツをうしろ盾にして新しく樹立されたファシズム政府〈イタリア社会共和国〉の国家元首におさまった。

だがファブリツィオにはそんなことは、知るよしもなかった。もちろん戦争の最中であることは知っていた。父のふたりの兄が三年前、イタリア軍のギリシア遠征に従軍し、戦死していた。けれども、そのふたりについてはほとんど記憶がない。ファブリツィオの父ニコラはそのとき涙に暮れながら、戦争は狂気だといった。「狂気(フォリア)」という言葉はファブリツィオの脳裏に刻まれたが、その意味するところはわからなかった。しかし、父が何度もその言葉を口にしたので、それが恐ろしいことだということは感覚でわかった。

今では軍服姿のドイツ兵がそこいらをうろうろしている。ときどきジェノヴァから村を訪ねてくる親戚が話していた。ドイツ兵は必要なものをなにもかも工場から運びだしている、と。男たちはけわしい顔つきをして、パルチザンやテロのことを耳打ちするようになった。大人たちは子どもの前ではそういうことを隠していたが、子どもの遊びは「泥棒と警察」から「パルチザンとドイツ人」に変わった。夜になると、父は灰色のコートを着て、ベレー帽をかぶり、ふたりの子どもの額にキスをして出かけるようになった。ファブリツィオは、そういう夜に姉が泣いていることに気づいた。声をかけると、姉は部屋にやってきて、父がパルチザンになったとささやいた。母はファブリツィオが生まれたときに死んでいた。

丘のてっぺんにたどりつくと、ファブリツィオはいつもすこし足を止める。父の農場が見える。家と小さな納屋。自転車で一気に斜面を走りおりた。家の前の石畳に着くと、姉が玄関に立っていた。ミサに着る黒服姿のまま泣いていた。ファブリツィオは自転車から飛び降りた。自転車はそのまま横倒しになった。駆けよると、姉は彼を抱きしめて何度もいった。

「あいつらが父さんを連れていったわ。ドイツ兵が連れていっちゃったの」

ファブリツィオも泣きだした。ふたりはしばらくのあいだそこに立ち尽くしていた。ファブリツィオがいくら質問しても、姉はなにも話してくれなかった。

いつしかふたりは体を離し、台所に入った。姉は無意識にかまどの火をつけ、卵をふたつ割ってフライパンに入れ、パンを切りわけた。ファブリツィオは椅子にすわった。姉は自分の皿に触れようとしなかった。

「あなたが食べ終わったら、マウロおじさんのところへ行きましょう。これからどうしたらいいか、おじさんならわかると思うの」姉はいった。

マウロは母の兄で、子どものいない、仕事に厳しい男で、ファブリツィオたちにとってただひとりの親戚だった。マウロの農場はおよそ十キロ離れたところにあった。

姉はファブリツィオの頭をなでながら、窓の外を見た。いきなり飛び上がると、姉が叫んだ。

「逃げて、ファブリツィオ。あいつらがまた来るわ」

ハンマーを打ち下ろすようなエンジン音が聞こえた。ファブリツィオにも窓からドイツの軍用車両が見えた。フロントガラスを前に押し倒し、ボンネットにスペアタイヤを固定した小型軍用車（キューベルワーゲン）だ。乗っているのは、運転席にひとりだけだ。

「逃げて、早く逃げるのよ」姉が叫んだ。

ファブリツィオはおびえている姉を見てびっくりした。庭を駆けぬけると、数年前からもぬけの殻になっていた大きな犬小屋に潜り込み、汚れた毛布をかぶった。毛布はごわごわで、穴がたくさん開いていた。犬小屋の板の隙間から、小型軍用車のタイヤと男物のブーツが見える。ふたつのブーツはしばらく動かなかったが、それから向きを変え、母屋へ向かった。姉の悲鳴が聞こえた。ファブリツィオは我慢できなくなって、犬小屋からはいだすと、開けっ放しの玄関へ駆けもどり、台所のドアを勢いよく開けた。

姉は広い食卓に仰向けに寝かされ、顔をドアのほうに向けていた。服がびりびりに引き裂かれ、白い下着が裂けた服のあいだからのぞいていた。男は姉の股のあいだに立ち、ズボンを下ろしていた。シャツと上着のボタンはとめたままだ。ファブリツィオは階級章を知っていた。男はただの兵卒だ。額に大きなぎざぎざの傷痕があった。男は拳銃の銃口を姉の胸に当て、撃鉄を起こして、引き金に指をかけていた。姉は額に裂傷を負って血を流し、拳銃のグリップに髪の毛が数本張りついていた。男は顔を紅潮させ、荒い息をし、汗をかいていた。

ファブリツィオは叫んだ。大声で叫んだ。農場で普段耳にするどんな声よりも大きかった。たったひと声、甲高い声。その絶叫と同時にすべてが起こった。兵士はぎょっとして振り返った。姉はエナメル製のマリア像をさげた、母ゆずりの金の首飾りをつけていた。拳銃の照星（しょうせい）が引っかかり、首飾りが姉の首のまわりでぴんと張って拳銃の動きを止めた。男が拳銃を引き寄せたその衝撃で、引き金が引かれた。弾丸が発射された。弾丸は姉の首を貫き、机に突き刺さった。姉は両手で首を押さえたが、両手のあいだから血があふれだした。兵士はあとずさり、足をすべらせて尻餅（しりもち）をついた。ファブリツィオはいまだに絶叫していた。見ているものがなんなのかまったくわからなかった。銃口から立ち上る蒼白い煙、勃起した男根、食卓にひろがる鮮血。すべてが止まった。世界が動きを止めた。

　そのとき、父が大事にしていた茶色のタバコ缶がファブリツィオの目にとまった。缶はいつものように台所の棚にのっていた。父は毎晩、食後に紙巻きタバコを二本こしらえ、それをふかしながら子どもたちとおしゃべりに興じたものだ。木の蓋（ふた）には、ふたりのインディアンが描かれている。ふたりはたき火をはさんですわっていた。のんびりと、永遠に変わらぬ姿で。

　ファブリツィオは叫ぶのをやめた。兵士は床に尻餅をついたままだ。拳銃は男の膝にのっていた。兵士がファブリツィオを見つめた。兵士の瞳は水のような薄い青で、ほとんど無色に近かった。ファブリツィオはそんな瞳を見たことがなかった。その瞳から目を離すことができなかった。ただそこに立ち尽くし、兵士の水色の瞳を見つめた。兵士が身じろぎしたときはじめて動けるようになった。そして命からがら逃げだした。

台所から飛びだすと、ファブリツィオは庭を横切り、濡れた石畳に足をすべらせ、右膝をしたたかに打った。日曜日のよそ行きのズボンにかぎ裂きをこしらえたと父に怒られそうだ。犬小屋と池のあいだに広がる松の森に逃げ込み、細い橋を渡って、広い平地に出るまで森の道を走りつづけた。どのくらい走ったのか記憶になかったが、どこまでも走りつづけられそうな気がした。そのとき、おじの農場が見えた。母屋は父のところとちがって、大きくて細長く、小高いところに建ち、松の並木道がそこまでつづいていた。玄関のドアは閉まっていた。ファブリツィオは、玄関にあらわれたおばのジュリアにしがみつき、おばをひっくり返しそうになった。息を切らして、うまく話せずにいると、そこへおじがふたりの使用人を連れてもどってきた。ファブリツィオはようやくすこし落ち着いて話せるようになった。おじは事態を把握した。棚から散弾銃をだすと、車に乗って農場を出た。

おじがもどったのは夜半だった。玄関の階段にすわると、じっと暗闇を見つめた。寒くなっていた。ファブリツィオはおじのところへ行った。おじは大きな毛織りのコートを広げた。ファブリツィオはおじと並んで、コートの上に腰かけた。おじはファブリツィオに腕をまわした。煙のにおいがする。顔も両手も煤(すす)だらけだ。台所の窓からもれる黄色い光のなかで、ファブリツィオはおじの頰に刻まれた深いしわがぬれていることに気づいた。

「ファブリツィオ」

「なに、おじさん」ファブリツィオはいった。

「家は焼かれて、おまえの姉さんは死んでいた」

「姉さんは焼かれちゃったの？」

「そうだ」

「他のものもみんな？」

「そうだ。なにもかもだ」

「姉さんを見た？」

おじはうなずいた。

「動物は？　動物も焼かれちゃったの？」

「雌牛は焼け死んでいた。他の家畜はわからない。たぶん森に逃げたんだろう」

ファブリツィオは、森に逃げた動物たちのことを思った。きっと凍えて、腹をすかしているだろう。とくに豚はいつも腹をすかしている。

「イノシシと友だちになれるといいね」ファブリツィオはいった。目の前におじのざらざらした手がある。父の手とはちがっていた。はるかに大きくて、毛深くて、黒い。それに、においもちがう。

「おまえの姉さんは、おやじさんが兵隊に連れていかれたといったんだな？」

「うん、ドイツ兵だっていってた」

「どこへ連れていかれたかいっていたか？」

「ううん」

「明日、朝早くジェノヴァへ行ってくる」

「でもなんで父さんは連れていかれちゃったのさ？　なにか悪いことをしたの？」

「いいや。正しいことをしたんだ」

ファブリツィオは、おじの筋肉に力が入るのを感じた。

「父さんを連れてかえってくれる？」ファブリツィオはしばらくしてたずねた。

「連中がなんというか、まずようすを見よう」おじはファブリツィオをきつく抱きしめた。

「これからはうちに住むといい」

「学校は？　明日、学校に行かないとだめ？」

「いいや。明日は行かないでいい」

「動物たちも天国へ行けるかな？」

「さあ、どうかな。動物には善悪のちがいがわからないからな」

ふたりはそのまますわりつづけ、おじはファブリツィオの頭からコートをかぶせた。毛織りは暖かかったが、首のあたりがちくちくした。

翌日、おじのマウロは車でジェノヴァへ出かけた。とっておきの背広を着ていった。おばのジュリアは親戚への手みやげに卵を四パック包んだ。ファブリツィオとジュリアは玄関の階段に立って、走り去るマウロに向かって手を振った。それからの数日、年配の使用人が農作業をし、若いほうの使用人が所轄の警察署へ行き、事件の届け出をした。

雌鶏は翌日、焼け跡にもどってきた。豚も一頭はおじの使用人が森で見つけてきた。ファブリツィオは年寄りの司祭の訪問を受けた。司祭はチョコレートを持ってきて、小さな銀の十字架のついたロザリオといっしょにファブリツィオにくれた。

マウロはジェノヴァに四日滞在し、疲れ切ったようすで帰ってきた。靴はいたみ、背広は形くずれして、染みだらけになっていた。一家全員が食卓に集まった。マウロはくしゃくしゃになった紙を手のひらでなでてしわを伸ばした。そして、ファブリツィオの父に会うことはできなかったが、どこにいるかはわかったといった。紙は公文書のようだ。薄くて、判子がふたつ押されていた。ひとつは左上、もうひとつは右下で、鉤十字がついていた。そこには〝親衛隊情報部〟と書かれていた。

「パルチザンは親衛隊の扱いになるんだ」といって、マウロは父パウロの名を読み上げ、ゆっくりと一文字一文字、指でたどりながら文章を読んだ。一文読むごとに、みんな、思い思いにしゃべりだし、その文章の意味するところを理解しようとした。紙には拘置所の名ものっていた。ジェノヴァのマラッシ地区にあることがわかった。ふたりの使用人はうなずき合い、首をすくめた。おじは最後の一文を読んだ。

「当該人物の逮捕は親衛隊情報部ミラノ司令部の命令によっておこなわれた」

おじはつづいて今回の逮捕者を支配下に置く人物の氏名を読んだ。ドイツ人だった。おじはドイツの名前をちゃんと読もうとして苦労した。紙にはこう書かれていた。

〝親衛隊大隊指導者　ハンス・マイヤー〟

15

「親衛隊大隊指導者　ハンス・マイヤー」とライネンはいった。

五〇〇号法廷の傍聴席で息をのむ音がした。報道関係者席が騒然となり、数人の記者が編集部に電話をかけるために立ち上がった。

「ハンス・マイヤー」

ライネンは自分にいいきかせるように、声を低くしてもう一度いってから、裁判長に顔を向けた。

「裁判長、もしよろしければ、反証の続きは、次の公判で読み上げたいと思います。わたしの依頼人は疲労困憊(こんぱい)していますし……正直いって、わたしも疲れました」

裁判長が腹を立てていることは、ライネンもわかっていた。この審理を準備するために彼女も数ヶ月を費やしてきたのだ。公判は残すところあと三日だったが、もはやその三日で決着をつけることは不可能になった。もちろんこういう行動に出ることは、弁護側の権利だ。それでも、裁判長が不快な表情ひとつしなかったので、ライネンはほっとした。裁判長は、参審員が被告人に反感を抱かないように配慮したのだ。

「いいでしょう、弁護人。昼休みを取る時間でもあります。反証の陳述はあとどのくらいかかりますか？」

ライネンは批判が込められていることに気づいた。しかし、なんとも思わなかった。

「公判一日分か二日分必要でしょう」ライネンはいった。そして次にいう言葉が明日、新聞にのるだろうと思った。法廷の空気が一変したのをひしひしと感じる。ファブリツィオ・コリーニはもはやなんの動機もなく有力な実業家を射殺した殺人鬼ではなくなったのだ。

「おどろくべき事実をいくつか披露いたします、裁判長。準備はすべて整っています」

傍聴席がまた騒がしくなった。

「では今日の公判は終わりにしましょう。次回公判期日は来週の木曜日午前九時、この法廷でおこないます。裁判関係者はすでに召喚されていますね。では、ごきげんよう」

裁判官と参審員は起立して、裁判官席のうしろにあるドアから出ていった。ライマース上席検察官はことさら大きな音をたてて椅子を引き、法廷の扉へ向かって歩いていった。彼はだれにも挨拶をしなかった。廷吏が傍聴人の扉をひらき、退廷するよう促した。最後のひとりが出ていくまで十分ほどかかった。

ヨハナはいまだに公訴参加代理人と向かい合わせのベンチにすわっていた。顔から血の気が引き、唇からも色が消えていた。ヨハナは、知らない人間でも見るような目でライネンを見つめた。

「ここから連れだして」だれにも聞こえないはずなのに、ライネンとヨハナはささやいた。

法廷の外では報道陣が待ちかまえていた。廷吏がライネンとヨハナに手を貸してくれた。横の小さなドアを開けて、そこを通してくれたのだ。報道陣は待ちぼうけをくわされた。ライネンは表玄関から出るのをやめ、長い廊下をたどってヨハナを立体駐車場に連れていった。おんぼろのメルセデス・ベンツは思うようにエンジンがかかってくれなかった。

「どこへ行きたい?」ライネンはたずねた。

「どこでもいい。ここにはいたくないわ」

ライネンはシュラハテン湖に向けて車を走らせた。ヨハナは助手席にすわって涙を流しつづけた。ライネンはなにもしてやることができなかった。車を野道に止め、ふたりはすこし森のなかを歩くことにした。

「どうしてなにもいってくれなかったの?」ヨハナはたずねた。

「きみを守るためさ。聞いたら、マッティンガーにいわざるをえなかっただろう」

ヨハナは足を止めて、ライネンの腕をつかんだ。

「すべて本当のこと?」

ライネンはすこし待ってからいった。

「湖まで歩くかい?」

それからすこし考えて、ライネンはつづけた。

「ああ、まちがいない」

本当はなにかちがうことをいいたかったのだが。

「どうしてなにもかも壊してしまうの?」ヨハナはたずねた。「あなたの仕事っておぞましいわ」

ライネンは答えなかった。ハンス・マイヤーのことを思っていた。彼に頭をなでられたような気がした。子どものとき、ライネンとフィリップはハンス・マイヤーといっしょに釣りをしたことがあった。釣ったマスを火であぶり、塩とバターだけで食べた。フィリップとライネンは草地に寝転び、ハンス・マイヤーは切り倒した木の幹にすわった。ズボンをめくり上げ、ゴム長靴をはいていた。木々の深い緑と、魚を釣った小川のもっと深い緑色が、今でも脳裏に焼きついている。ハンス・マイヤーの葉巻、暖かい煙、夏の熱気。すべてが台無しになった。もう二度と元通りにはならないだろう。

ライネンは湖岸まで下りた。平たい石を湖に向かって投げた。石は水面を三回はねて、水中に沈んだ。

「おじいさんからこれを教わった」そういって、ライネンはもう一度、石を投げた。振り返ると、ヨハナの姿は消えていた。

16

次の公判日、報道関係者席と一般席は満席だった。裁判長は法廷内の人々に一礼すると、ライネンにうなずいていった。

「どうぞ」

ライネンは立ち上がった。この一週間、日中は拘置所で過ごし、夜はデスクにかじりつく毎日だった。時間が来たことがうれしかった。もう体力の限界だった。裁判所へ向かうタクシーのなかで居眠りしてしまい、ドライバーに起こされた。弁論台に陳述書を置いて、朗読をはじめたとき、ライネンは気づいた。今日、自分の子ども時代が瓦解し、ヨハナは二度ともどってこないのだ、と。そしてどちらも、彼の人生にもはやなんの役割も果たさないということを。

一九四四年五月十六日二十二時十八分、ジェノヴァのヴィア・ディ・ラヴェッカ通りにあるカフェ・トレントは、十四のテーブルすべてが満席だった。毎晩、ここにはドイツ兵がやってくる。ほとんどが水兵だった。水兵たちは制服のボタンをはずし、トランプに興じていた。すでに酔っぱらっている者も数人いた。カウンターに寄りかかっていた男が傍らにカバンを置いた。一等水兵の制服を着ていた。だれとも言葉を交わさず、ビールを注文し、立ったまま飲み干した。男は足でカバンをカウンターの下に押し込んだ。カバンは重くなかった。せいぜい一キログラム。カフェに入る前に、ペンチで真鍮の信管の先をつぶしておいた。男がビールを飲んでいるあいだに、カバンのなかでは塩化銅水溶液がゆっくり鉄線を溶かした。必要な時間はすくなくとも十五分。イギリス製の信管について何度も説明を受けた。鉄線が溶けると、信管のバネがはずれ、撃針が紙火薬に衝突し、火花を散らすことになっている。ドイツの信管は使い物にならなかった。起爆までの時間が短すぎるし、音を立てるからだ。男は空のグラスをカウンターにのせると、その横に飲み代を置いて立ち去った。十八分後、TNT爆薬よりもはるかに強力な秒速八千七百五十メートルのプラスチック爆薬が炸裂した。爆風がカバンのすぐそばに立っていた兵士たちの体を押し潰し、別の兵士の肺を引き裂いた。ふたりが即死した。テーブルと椅子が宙を舞い、ボトルやグラスや灰皿が砕け散った。砕けた木片が下士官の左目に突き刺さり、さらに十四人の兵士が負傷した。みんな、顔や腕や胸にガラス片を浴びた。カフェの窓ガラスが割れ、ドアがはずれて石畳の道に転がった。

通訳者は夜中の二時に目を覚ました。背中が痛かった。またしてもソファで一夜を明かした。妻と子どもたちを朝早く起こしたくなかったからだ。この数週間、ずっとこの調子だ。新しいドイツ人将校が親衛隊ジェノヴァ司令部を統括し、まるで企業を経営するかのように指揮していたのだ。新任の指揮官の名はハンス・マイヤー。担当区域のストライキを終息させるよう命じられていた。軍需物資を生産する企業が必要とされたからだ。

通訳者はしばらくソファでまどろんだ。メラーノに近い山間の村にとどまっていたほうがよかったと何度思ったか知れない。十四年前、両親が営む旅館で今の妻と知り合った。彼女は摘み立てのイチゴのにおいがした。どんな村娘よりも品がよく、山のなかでもハイヒールをはいていた。彼女の両親は婚約を認め、彼は彼女に従ってジェノヴァに移り住んだ。生活はしばらくのあいだうまくいっていた。

ところが戦争がはじまったとき、父親が病に伏せってしまい、治療代を医者に払うため、ふたりは持てるものをすべて売り払った。彼は闇市で商売をはじめた。食料品にタバコ。たまに装身具を売ることもあった。これでなんとか糊口をしのいでいける、戦争はいつか終わるはずだ、と自分にいいきかせた。

その後、彼は運に見放された。ナチ親衛隊が港で「悪党ども」の摘発をおこなったのだ。

ドイツ人はパルチザンのことをそう呼んでいた。彼はパルチザンではなかった。ただ商いをしていただけだった。それなのに他の連中といっしょに逃げて、倉庫に隠れた。倉庫の出入口近くに、女のパルチザンが横たわっていた。彼は女をまたいでとおった。女はひどく出血していて、まわりの床が黒くなっていた。彼は身を隠したところで、女のうめき声を聞いていた。耐えられなくなった彼は、隠れていたところからはいだし、女を見た。そのとき、背中に銃口を押し当てられた。

親衛隊員は食料品とタバコの入ったバッグをふたつとも奪い、彼を親衛隊司令部に連行した。彼がかつてハプスブルク家の領地だった南チロル出身で、ドイツ語を話せることがわかると、親衛隊は、拘置所行きか、通訳者になるか二者択一を迫った。

通訳者は起き上がり、椅子にかけてあった服を着た。三十分後、家を出ると、自転車に乗ってマラッシ地区へ向かった。刑事警察にあたる国家保安本部第V局の指揮官から、遅くとも二時四十五分までに拘置所へ出頭するように命じられていたのだ。任務がどういうものかは告げられていなかった。通訳者は任務の内容まで知る必要がない。ずっとそういう決まりだった。以前からドイツ兵へのテロは頻発(ひんぱつ)していた。しかしカフェ・トレントでの爆弾テロは看過できなかった。「断固たる措置」をおこなうというのだ。「断固たる」、ドイツ人はこういう言葉が好きだった。

マラッシ収容所に着くと、名簿を渡された。未明の三時だった。彼は名前のあとに記載された囚人番号を廊下で読み上げた。番号だけ。名前は呼ばなかった。名簿にのっていたのは二十人。だれひとり爆弾テロに関わっていなかった。囚人たちは収監房の前に立った。みんな、眠そうだった。国家保安本部第V局の指揮官は小声で話すとよく口ごもるが、声を張り上げると口ごもることがなくなる。通訳者は指揮官の言葉をイタリア語にした。

「服を着ろ。移送する。所持品は置いていけ。あとで送りとどける」

これはとんだ失態だった。この時代、囚人の所持品をあとから送りとどける者などどこにもいない。囚人たちは、今日が人生の最後になると悟った。指揮官は最後に、収監房の前で囚人たちの番号を確認し、名簿にチェックを入れた。

拘置所の中庭はまばゆいほど明るかった。塀の要所要所で、サーチライトがともされていたのだ。人々の顔は真っ白だった。すべてが、露出オーバーの映画のようだった。中庭の中央に、トラックが一台止まっていた。荷台は幌(ほろ)でおおわれていた。囚人たちは荷台に上がり、左右のベンチにすわった。兵士が四人、監視した。兵士たちは機関銃をかまえていた。彼らは親衛隊員ではなく、海軍の制服を着ていた。声高(こわだか)に命令する声もなく、抵抗する者もいなかった。通訳者は海軍の将校とともに小型軍用車(キューベルワーゲン)に乗った。拘置所の門を出るところで、ハンス・マイヤーが後部座席に乗り込んだので、通訳者は前の座席に移り、運転手の横にすわった。後部座席で話し合われたことは、全部はわからなかった。ハンス・マイヤーは「ヒトラー総統の命令だ」といった。それから「ケッセルリング元帥（げんすい）」の名があがり、「報復の割合は一対十。死んだ兵士ひとりにつき、悪党どもを十人殺す」と言い放った。

「このあいだフィレンツェの総司令部に呼びだされたよ」ハンス・マイヤーはいった。「悪党どもがローマのラゼッラ通りで三十三人のドイツ兵を殺しただろう。あの報復がおこなわれたんだ」

通訳者もその話を耳にしていた。テロの犠牲になったのはボルツァーノ警察隊だった。その後、イタリア戦線司令官アルベルト・ケッセルリング元帥は報復のため三百三十五人の市民をアルデアティーネの洞窟で虐殺させた。彼らはテロとなんの関係もない人々で、そのなかには未成年者までひとり含まれていた。

「汚点はそれだけだ。あとは正当な軍事行動だった」ハンス・マイヤーはいった。

彼らは一時間以上車を走らせた。道路はしだいに狭くなり、トラックのヘッドライトがすぐうしろについてきた。通訳者は一度、鹿を見かけた。じっとたたずむ姿が美しく、瞳がガラス細工のようだった。小型軍用車が止まったとき、通訳者は東西南北がわからなくなっていた。バスが二台、道ばたに止まっていた。水兵がたむろしていた。四十人はいるだろう。彼らは道路をふさいでいた。囚人たちはトラックから降りた。兵士たちは囚人を縄でしばった。ふたり一組にして、それぞれの左腕をしばった。ひとりは前向きで、もうひとりはうしろ向きで歩かなければならなかった。

通訳者は囚人たちの傍らについて、ドイツ人の指示をイタリア語に訳した。それからハンス・マイヤーと兵士たちのあとについて峡谷に分け入った。通訳者はつまずいて、岩の角で手を切り、石に生えている苔をつかんだ。峡谷に下りて、道を曲がると、一行は狭い谷底で足を止めた。絶壁にうっすら霧がかかっている。一行の前には、穴がぽっかり口を開けていた。別の囚人たちに掘らせたもので、その穴には板が渡してあった。通訳者は思わずその穴をのぞきこんだ。

なにもかもあっというまの出来事だった。兵士が十人、穴から五、六メートル手前に整列した。縄を解かれた囚人が五人、穴まで連れていかれて板の上に立たされた。五人は銃口を見つめた。目隠しはさせてもらえなかった。なんの説明もなく、司祭も同席せず、だれひとり、なにもいわなかった。

将校が号令を発した。

「安全装置解除」

「かまえ」
「撃て」
十発の銃声。銃声は岩場にこだました。五人の男たちは仰向けになって穴に落ちた。ドイツ兵は次のパルチザン五人を引っ立てた。そのあいだに拳銃をかまえた年配の下士官が小さな梯子で穴に下りた。その下士官はゴム長靴をはいていた。革のブーツを汚したくなかったのだ。下士官は穴のなかでふたりのパルチザンの頭を撃った。まるで慈悲をたれるかのようだ、と通訳者は思った。

板に乗った次の五人は、自分たちの死ぬ姿を見た。先に死んだ者たちは泥にまみれて横たわっている。折り重なり、足と腕を異様にねじまげて。頭にぱっくり穴が開いている者もいれば、上着に血糊がべっとりついている者もいる。そして穴の底に、血だまりができていた。それでも彼らは抵抗しなかった。

日誌には、あとでこう書かれるだろう。

〝報復措置完遂。特段の報告事項なし〟

けれどもひとりだけ、流れに逆らった者がいた。その男は銃をかまえる兵士たちを見ずに、天を仰いで、両手を振り上げ、「イタリア万歳」と叫んだ。

そしてもう一度。

「イタリア万歳」

彼の声は現実のものと思えなかった。〝公然というとは〟と通訳者は思った。ひとりの兵士の神経が切れて、ひとりだけ早く引き金を引いてしまった。一発の銃声と悲鳴。その銃弾が胸に命中し、腕を伸ばしたままはじき飛ばされる男の姿と、早く撃ちすぎた兵士の顔が、通訳者の目に焼きついた。兵士はとても若く、子どもといってもいいくらいの年で、口を開け、いまだに銃の引き金に指をかけていた。その若者はこの日起こったことをだれにも話さないだろう。これはもう戦争ではない。戦闘ですらないし、敵と対峙（たいじ）しているのともちがう。人が人を殺す。それがすべてだった。通訳者はその若い兵士の目を見た。もしかしたら最近まで、高等中学校（ギムナジウム）に通っていたか、大学の講義を聴いていたかもしれない。通訳者はこの日のことを生涯忘れないだろう。それは真実を見た瞬間だった。だがどういう類（たぐい）の真実なのか、通訳者にはわからずじまいだった。

いつしか処刑は終了し、兵士たちは、死んだ男たちの横たわる穴を埋めもどした。最後に大きな岩をその上に置いた。帰途につく車のなかでは、だれも口をひらかなかった。ジェノヴァにもどり、通訳者がふたたび自転車に乗ったとき、町の一日がはじまった。通訳者は家に帰る気になれなかった。妻と子どもたちに合わせる顔がなかったのだ。そのまま海へ向かい、浜辺に横たわって、波打つ海原を見つめた。

その晩、通訳者は酒を浴びるように飲んだ。帰宅すると、その朝、峡谷で起きたことを妻に打ち明けた。ふたりは台所にすわっていた。妻は夫をじっと見ながら、最後まで話を聞いた。それから立ち上がると、夫の顔をたたいた。何度もたたいた。疲れ果て、腕が上がらなくなるまで。ふたりは長い時間、暗闇のなかに立っていた。それから通訳者は照明をつけて、拘置所からこっそり持ちだした囚人の名簿を妻に渡した。妻は大きな声で名簿を読み上げた。最初の名前は、ニコラ・コリーニだった。

四日後、コリーニの村に知らせがとどいた。おじのマウロは夜中、少年の上にかがみこみ、まぶたにキスをして、眠っている少年にいった。

「ファブリツィオ。おまえはこれからおれの息子だ」

17

「その通訳者は一九四五年、ジェノヴァの特別参審裁判で死刑を言い渡されました」ライネンはそういって腰をおろした。

法廷は耐えられないほどの静寂に包まれた。裁判長までが身じろぎひとつせず、書類をたたんでいるライネンをじっと見つめた。それからしばらくして、ライマース上席検察官のほうに顔を向けた。

「検察は見解を明らかにしますか？」

その瞬間、法廷にはりつめていた空気がほどけた。ライマースは手を横に振った。「まず陳述書を精査したいと思います」といったが、ほとんどだれの耳にもとどかなかった。

裁判長はマッティンガーを見た。

「公訴参加代理人、なにかいいたいことはありますか？」

マッティンガーは立ち上がった。

「弁護人が描写した出来事はあまりに残酷で、すこし時間をいただきたいです。この法廷にいるみなさんも同じ気持ちだと思います。ただひとつ合点がいかないことがあります。どうして今になって犯行におよんだのかという点です。ただいま朗読されたことが事実にまちがいないとしても、被告人はハンス・マイヤーを殺害するのに、なにゆえこれほど長く待ったのかという疑問が残ります」

依頼人はそのことについてあとで文書で答えます、とライネンはいおうとした。そのとき、コリーニがとなりで動いたことに気づかなかった。図体の大きなコリーニが腰を上げ、じっとマッティンガーを見つめてからいった。

「おれのおばは……」

法廷で彼の暗く穏和な声が響くのははじめてだった。ライネンはコリーニを見やった。「頼む。話させてくれ」コリーニは小声でライネンにいった。それからまたマッティンガーのほうを向いた。「おじはずいぶん前からこの世の人じゃない。おばのジュリアは今年の五月一日に死んだ。おばは人殺しのいる国でおれが働くことをいやがった。そのうえおれがドイツの刑務所に入ったと知ったら、心臓がつぶれてしまっただろう。おれはおばが死ぬのを待つしかなかった。そしてやっとマイヤーを殺すことができたんだ。そういうことさ」コリーニはすわった。音をたてないように、そっと腰をおろした。マッティンガーはしばらくコリーニを見つめ、それからうなずいた。

「裁判長」マッティンガーはいった。「わたしは次回の公判で意見を表明したいと思います」

裁判長はその日の公判の終了を告げた。

ライネンは裁判所の地下駐車場へ行って自分の車に乗った。しばらく街中をドライブした。十字路で路上生活者がひとり紙コップを持ってすわっていた。ウンター・デン・リンデン通りで、教師がひとり、フリードリヒ大王の記念碑と焚書を警告する記念碑を生徒たちに見せていた。壁に貼られたある政治家のポスターが景気上昇と減税を謳っていた。

ライネンはだれかと話がしたかった。しかし話のできる相手はどこにもいない。彼は六月十七日通りの蚤の市へ行き、屋台をのぞいてまわった。ナイフやフォーク、シャンデリア、複製絵画、櫛、グラスの類、家具。ここには、死んだ人の住まいが明け渡されたときにでた雑多なものが集まってくる。若い娘が毛皮を試着していた。恋人の前でポーズを取り、口をとがらせてみせている。男がひとり、古雑誌を売っていた。まるで最新号だといわんばかりの呼び込みをしている。ライネンはしばらくその男の口上を聞いてから、車にもどった。

18

次の公判期日、裁判長が法廷内の人々に挨拶をすると、すかさずマッティンガーが立ち上がった。前の二回の公判のときとは雰囲気がまるでちがっていた。額には深いしわが刻まれていた。集中していて、エネルギッシュだった。裁判長は発言を認めた。

「裁判官のみなさま」マッティンガーはいった。「先回の公判で、弁護人は被告人の犯行の動機を披露しました。被告人の父は、ハンス・マイヤーの命令で射殺されたのです。ファブリツィオ・コリーニは五十七年後にその復讐をしました。むろんその動機に疑義をはさむ余地はありません。しかしながら、ファブリツィオ・コリーニの父を射殺したことが当時の法に照らして許されるものだったとすれば、その動機はまたちがって見えることでしょう。そうなれば、コリーニは正当なおこないをした者を殺したことになります」

マッティンガーは大きく息を吸って、ライネンのほうを向いた。

「公訴参加の使命は犠牲者を守ることにあります。そして、この訴訟における犠牲者は被告人ではなく、今でもなおハンス・マイヤーなのです」

「なにをいいたいのか、わたしにはわからないのですが」裁判長が口をはさんだ。

マッティンガーは新聞の束を振って、声を張り上げた。

「弁護人はハンス・マイヤーを冷酷な殺人鬼に仕立て上げることに成功しました。ありとあらゆる新聞が、彼の残虐行為について書きたてています。裁判長もご自分で読まれたことでしょう」マッティンガーは新聞の束を机にたたきつけた。「したがいまして、参考人を召喚し、ハンス・マイヤーが本当に人殺しであるかどうか説明を聞く必要があると考えます。打たれたら、打ち返す。刑事訴訟法はそれを認めています。言い方を換えれば、わたしたちは被告人の父親射殺の証拠固めのために何ヶ月も時間を要することになります。それも、その射殺が許されたものであったことを知るためにです」

マッティンガーは読書用眼鏡を取り、机に片手をついて裁判長を見た。

「したがいまして、ルートヴィヒスブルクの連邦文書館分館館長シュヴァーン博士を参考人として呼ぶことをぜひお認めいただきたい。わたしはシュヴァーン博士に、今日ここへ来てくれるように頼みました。法廷の外で待っています」

「それは異例なことです、マッティンガー弁護士」そういって、裁判長は首を横に振った。

「証拠提出の申し出はしていませんね。シュヴァーン博士は召喚されていません」

「それはわかっています」マッティンガーはいった。「どうかご配慮願います。公訴参加の都合上、急遽このような判断をせざるをえなかったのです」

裁判長は左右にすわっている裁判官たちを見た。ふたりはうなずいた。

「今日はとくに証人を召喚していません。検察と弁護側に異議がなければ、シュヴァーン博士が参考人として出廷することを認めましょう。しかしいっておきますが、マッティンガー弁護士、このようなサーカスまがいのことはこれで最後にしてください」

「ありがとうございます」そういって、マッティンガーはすわった。

裁判長は廷吏に命じて参考人を呼びにやった。シュヴァーンは法廷に入り、証人席についた。髪をひっつめにした薄化粧の女性で、聡明そうに見えた。彼女はアタッシェケースを開けて、薄灰色のファイルを十冊ほど机に置き、それから裁判長を見て、ふっと微笑んだ。

「氏名と年齢をいってくれますか」裁判長はたずねた。

「ジュビレ・シュヴァーン、三十九歳です」

「職業は?」

「歴史家で、法律家でもあります。現在、ルートヴィヒスブルクの連邦文書館分館館長を務めています」

「あなたは被告人と血縁関係か、姻戚関係にありますか?」

「いいえ」

「シュヴァーン博士、法の規定するところに従って申し上げます。あなたは知識と良心のかぎりを使って公平に証言していただきたい。あなたには宣誓をしていただく場合があります。偽証罪は最低一年間の自由刑に処せられます」

裁判長はマッティンガーに顔を向けた。

「マッティンガー弁護士、シュヴァーン博士を法廷に呼んだのはあなたです。法廷はあなたが参考人になにをたずねようとしているか知りません。したがいまして、質問をする権利をあなたに預けます。では、はじめてください」

裁判長は背もたれに寄りかかった。

「感謝いたします」マッティンガーは読書用の眼鏡越しに参考人を見た。「シュヴァーン博士、あなたの経歴と学歴をお教えねがえますか?」

「ボン大学で法学と中世史を専攻しました。両方の分野で修了試験に合格し、歴史学で博士号を取得しました。それから二年間、マールブルク文書館専門職養成大学で修習生として働きました。一年半前から先ほどいった連邦文書館分館館長を務めています」

「どのような文書館ですか?」

「ナチ犯罪訴追センターです。一九五八年に設立されました。ルートヴィヒスブルクに空いている施設がありましたので、そこにナチ犯罪訴追センターが設置されました。ナチ犯罪訴追センターにはすべての連邦州から裁判官や検察官が派遣され、センターはナチ犯罪に関する現存する資料をすべて収集し、事前捜査をおこない、その後の手続きを管轄の検察局に手渡すという任務を帯びました。二〇〇〇年一月一日、このルートヴィヒスブルクの施設に連邦文書館分館が置かれました。わたしたちはナチ犯罪訴追センターの資料を管理しています。保管資料は八百から千メートル分に達します」

「ということは、分館の長として、第三帝国時代の捕虜やパルチザンの処刑について詳しいのですね」

「はい」

「パルチザンの処刑がどういうものであるか、簡単に説明していただけますか？」

「ドイツとその同盟国は第二次世界大戦中、一般市民を処刑しました。テロへの報復であり、さらなるテロを抑止するためでもありました」

「なるほど。よくおこなわれたのですか？」

「はい、頻繁（ひんぱん）に実施されました。たとえばフランスだけで、三万人が処刑されました。ナチの支配域全域を合計すると、十万人におよびます」

「ナチ政権崩壊後、この処刑をめぐって刑事訴訟はおこなわれましたか？」

「はい、多くの国でおこなわれました。たとえばフランス、ノルウェー、オランダ、デンマーク、オーストリア。イタリアでは主にイギリスが、ドイツではニュルンベルクでアメリカ合衆国が中心になって軍事法廷をひらきました。もちろんその後、ドイツ連邦共和国でも裁判がひらかれました」

「結果はどのようなものだったのでしょうか？」

「一様ではありません。無罪になるケースも、有罪になるケースもありました」

「たとえば、ニュルンベルクでの軍事法廷ではどうでしたか？」

「いわゆるニュルンベルク継続裁判のひとつである捕虜裁判では、ギリシア、アルバニア、ユーゴスラヴィアでおこなわれた無実の市民十万人の殺害についてドイツの将軍たちが起訴されました。検察側は有罪とみなしました」

「法廷は、どのような判決を下したのですか？」

「法廷は、この殺害行為を前時代からの蛮行の名残（なごり）と断じました。ただし……」

「……ただし、なんでしょうか？」マッティンガーはたずねた。

「特別な場合には許されるとしました」

「許される？　無実の一般市民を殺害することが許されるというのですか？　どのような前提においてなのでしょうか？」

「条件はいろいろあります。たとえば、決して女性と子どもを殺害してはなりません。殺害方法は残虐であってはいけません。処刑の前に拷問にかけるのも禁止されています。またテロの実行犯を捕捉する試みが厳粛になされていなければなりません」

「ほかにも条件がありますか？」

「はい。処刑は後日、公表されなければなりません。そうしなければ、残りの一般市民がテロにおよぶことを抑止できないはずだからです。もっとも、どういう割合で殺害する人数を決めるかについては、議論が残るところです」

「どういう意味でしょうか？」マッティンガーはたずねた。

「殺された兵士ひとりにつき、殺害される一般市民はひとりが妥当か、それとも十人か、千人かということです」

「それで、その答えは？」

「一概にいえません。国際法には一定のきまりがないからです。ヒトラーは一九四一年、一対百を表明しました。しかしながら、国際法の裏付けはまったくありません」

「上限は？」マッティンガーはたずねた。

「一律に答えることは無理です。いずれにせよ行き過ぎは認められないでしょう」

「ありがとうございます、シュヴァーン博士。本来のテーマにもどりましょう。ハンス・

マイヤーの件についてはご存じですか?」

「はい、存じています」

「個々の点について確かめていきましょう。イタリアのパルチザンが一九四四年、ジェノヴァのカフェを爆破しました。このテロで死んだドイツ兵はふたりですね。あなたのいう範疇(はんちゅう)では、テロと呼んでいいですね?」

「はい」

「親衛隊情報部はテロののち、犯行に関わったパルチザンを捜索しました。しかし発見できませんでした。これであなたのいった条件は満たしますか?」

「はい、満たすといえるでしょう」

「ハンス・マイヤーは、上層部からの命令に従って二十人のパルチザンを射殺しました。割合は一対十。この割合は高すぎますか、それとも許容範囲ですか?」

「明言することはできません。おそらく許容範囲とみなされるでしょう」

「しかし」マッティンガーはいった。「法廷は女性と子どもの射殺を認めていなかったのですね?」

「はい。それは許可されていませんでした。いかなる場合でも、実行した犯人は有罪になります」

「資料によると、射殺されたのはすべて成人男性でした。一番若い者で二十四歳。つまり国際法でも許されるのですね？」

「はい」

「あなたの知る範囲で結構ですが、男たちは自供を取るために事前に拷問されていたでしようか。これもまた禁じられていることですね？」

「はい。資料にそのような証言は残されていません」

「パルチザンの射殺は公表されましたか？」

「資料には、このことを報じた地元の新聞三紙がファイルされています。国際法の原則にのっとれば、充分義務を果たしたといえるでしょう」

マッティンガーは裁判官のほうを向いた。

「言い換えると、参考人があげた条件はすべて満たしていたわけですね」マッティンガーはファイルをわきに置いた。「シュヴァーン博士、そもそもハンス・マイヤーは捜査の対象になったことがあるのでしょうか？」

「はい。あります」

「そうなのですか？」マッティンガーはおどろいたふりをした。「検察局はハンス・マイヤーを捜査したのですね？」

「はい、シュトゥットガルト検察局が捜査しました」

「いつのことですか？」

「一九六八年から六九年にかけてです」

「では、ハンス・マイヤーは判決を受けているのですね？」

「いいえ」

「受けていない？……起訴されなかったのですか？」

「はい」

「取り調べは？」

「されませんでした」

「なるほど、わかりました」マッティンガーはすわっている椅子を半ば一般席と報道関係者席のほうへまわした。「取り調べは一度もおこなわれなかったのですね……興味深いことです……シュトゥットガルト検察局は訴えを受けて捜査し、調書も作成しながら、ハンス・マイヤーを起訴せず、判決に至らなかったのです。いましがた、ハンス・マイヤーは捕虜の処刑が許される条件を満たしていたことを聞きました。シュヴァーン博士、最後にうかがいます。ハンス・マイヤーに対する訴訟手続きはどうなったのでしょうか？」

「中止されました」

「たしかに中止されました」マッティンガーはいった。「一九六九年七月七日、シュトゥットガルト検察局はハンス・マイヤーに対する捜査をやめています」

「そのとおりです」参考人は助けを求めるようにライネンをちらっと見た。ライネンはかすかにうなずいた。

「ありがとうございます、シュヴァーン博士」マッティンガーは裁判官のほうを向いた。「参考人への質問を終わります」勝利した。ハンス・マイヤーはもはや殺人犯ではない。マッティンガーは微笑んだ。

「これから昼休みに入ります」裁判長はいった。

ライネンはコリーニのほうを向いた。コリーニはうなだれて、両手をだらりと膝にのせ、大きな体で泣いていた。

マッティンガーはわずか二時間で、コリーニの父をもう一度殺したのだ。

「まだ終わってはいない」ライネンはいった。

コリーニは反応しなかった。

法廷の外で、マッティンガーは報道関係者の質問に答えた。ライネンは傍(かたわ)らを通って裁判所の外に出た。歩道にテレビのリポーターたちがたむろしていた。ひとりがライネンを追いかけたが、彼は取り合わなかった。横道に入ると、足を止め、カバンを下ろして建物の壁に寄りかかった。ふくらはぎの痙攣(けいれん)がなかなかおさまらない。ライネンは裁判所の横の建物に沿って歩いた。小さな公園に行こうとしたのだ。

ヴィルスナック通りのレンガ造りの高い塀に記念の銘板(めいばん)があった。これまで一度も気がつかなかった。

〝狂気のみが支配するこの国〟

アルブレヒト・ハウスホーファーが書いた『モアビート・ソネット』の一節だ。

ヒトラー暗殺未遂に関わって逮捕されたハウスホーファーはモアビート拘置所でこのソネットを書き、一九四五年、ナチによって銃殺刑に処された。ライネンはその入口をくぐった。なかは小さな墓地だった。町はそこにコンクリートの石碑を建てていた。

〝彼らは死んだ。戦闘の最中(さなか)、防空壕のなか、生きるために必要なものを求めているとき、後頭部を撃ち抜かれて、あるいは自ら命を絶って〟

ライネンはベンチに腰かけた。戦争末期に命を落とした三百人の人々がここに眠っている。町のど真ん中にある現実離れした場所だ。

ライネンは当時の戦争を思い描くことができなかった。父が話してくれたことといえば、寒さ、病気、不潔さ、重装備の兵士、物資の欠乏、死、そして不安、そのくらいだった。

ライネン自身、無数の映像を見、本や文書を読んだ。学校では、ほとんどどの科目でも第三帝国のことが話題になった。彼が教わった教師の多くは一九六〇年代に大学で学んだ。みんな、自分たちの親よりもよくありたいと望んでいたのだ。しかし結局、すべては遠い世界のことでしかなかった。ライネンは目をつむって、緊張をほぐそうとした。

午後二時をすこし過ぎ、全員が法廷にもどり、席につくのを見計らって、裁判長はいった。

「裁判官からは参考人への質問はありません。上席検察官、質問はありますか？」

ライマースはかぶりを振った。裁判長はライネンに顔を向けた。

「弁護人……」

傍聴席の上にかけてある時計は午後二時六分を指していた。傍聴人、報道陣、裁判官、検察官、マッティンガー弁護士、参考人、全員がライネンを見て、彼が反応するのを待った。縦長の黄色い窓から光が射し込み、裁判長の眼鏡に反射していた。空気中にほこりが舞っている。外の通りで、車のクラクションが鳴った。

裁判長はいった。

「どうやら弁護人にも質問はないようですね。だれからも参考人への宣誓請求は出ていませんか？　ありませんか？　いいでしょう。参考人に退廷してもらっていいですか？」

ライマースとマッティンガーはうなずいた。

「短い時間でしたが、おいでいただきありがとうございました、シュヴァーン博士。それでは……」

「……いくつか質問があります」ライネンが大きな声で割って入った。

マッティンガーは口をひらいたが、なにもいわなかった。

「ずいぶん遅い発言ですね、弁護人。では、どうぞ」裁判長は明らかに機嫌を損ねていた。

ライネンの声はこれまでと打って変わり、穏やかさの欠片(かけら)もなかった。

「シュヴァーン博士、ハンス・マイヤーを告発したのがだれかご存じですか?」

「あなたの依頼人、ファブリツィオ・コリーニです」

裁判官のひとりが急に顔を上げた。だれもそのことを知らなかったのだ。マッティンガーの顔から血の気が引いた。

「検察局が捜査を中止したのはいつですか?」ライネンはたずねた。

シュヴァーンはファイルをめくった。

「一九六九年七月七日です。ファブリツィオ・コリーニが捜査中止の通知を受け取ったのは一九六九年七月二十一日です」

「これからマッティンガー弁護士が昼休みの前に、あなたにたずねたことについてうかがいます」

「はい」

「シュトゥットガルト検察局がハンス・マイヤーに対する捜査を中止したのは、パルチザンの銃殺が許されると判断したからですか？」

「ちがいます」

「ちがうというのはどういうことでしょうか？」ライネンは声を大にしていった。法廷じゅうの人々のおどろきを代弁していた。ただしライネン自身を除く全員の。「先ほどはそうおっしゃったではないですか」

「いいえ、そうはいいませんでした。マッティンガー弁護士は、そういう印象が残るよう、巧妙に質問したのです。しかしわたしは、検察局が捜査を中止したとしかいいませんでした。それはまったく別の理由によるものです」

「別の理由？　銃殺がおこなわれていなかったというのですか？」

「そうではありません」

「ではハンス・マイヤーは関わっていなかったと？」

「ハンス・マイヤーは命令をだす立場にある将校でした」

「わたしには理解できないのですが。どうしてハンス・マイヤーに対する訴訟手続きは中止されたのですか?」

「簡単なことです……」シュヴァーンはそこで一呼吸置いた。ライネンは、この問題が彼女にとって大きな研究テーマであることを知っていた。ふたりはルートヴィヒスブルクでそのことについて何時間も議論を重ねていたのだ。「……時効だったのです」

法廷内が騒然となった。

「時効?」ライネンは聞き返した。「ハンス・マイヤーには罪があったが、時効で捜査が打ち切られたということですか?」

「そういうことです」

「あなたがいったことを正しく理解したとすれば、わたしの依頼人は自分の父を射殺させた男を検察局に訴えたのですね。ファブリツィオ・コリーニは法治国家が求めるきまりに従ったわけです。つまり告発し、証拠を上げ、検察局を信用した。ところが一年後、封筒に入ったたった一枚の紙切れを受け取った。そこには、事件は時効になったので、訴訟手続きを中止する、と書いてあった。そういうことなのですね?」

「はい。事件は一九六八年十月一日に発布されたある法律によって時効となったのです」

ジャーナリストたちがバッグからあらためてノートをだし、メモを取った。

ライネンはまたおどろいたふりをした。

「なんですって？　一九六八年といえば、大学紛争があった年ですね。国内は異常事態のなかにありました。学生たちは親の世代に第三帝国時代の責任を問いました。よりによってその一九六八年に、そういう犯罪行為を時効にする決定を連邦議会が下したというのですか？」

マッティンガーが立ち上がった。気を取り直したのだ。

「異議があります。わたしたちはここでなにをしているのですか？　これは刑事訴訟ですか、それとも歴史の講義ですか？　今の話は、審理と関係がないと思います。連邦議会は当時、こうした犯罪行為が時効になることを望んだのです。しかし今裁かれているのは立法者ではなく、被告人です」

「とんでもない。これは戦争責任の問題と深く関わっているのです、マッティンガー弁護士」ライネンはいった。厳しい口調だった。「コリーニが殺人を犯したことは変わりません。ただし、あなたご自身がいったように、彼の犯行が恣意的だった場合と、動機を裏づけることが可能な場合では、雲泥の差があるはずです」

裁判長は万年筆を手のなかでゆっくりまわし、まずマッティンガーを見て、それからライネンに視線を移した。

「質問をつづけてください。あなたの質問は、依頼人の動機に触れます。その意味で戦争責任の問題は重要だと考えます」

マッティンガーはすわった。異議を唱えても意味がないと観念したからだ。

「もう一度さっきの質問をしてもらえますか?」シュヴァーンはいった。

「喜んで。けれども、すこし言い方を変えましょう」ライネンはいった。「マッティンガー弁護士は今しがた、連邦議会は一九六八年に、こうした犯罪行為が時効になることを望んだといいました。歴史家としてのあなたに質問します。そうなのですか?」

「いいえ。事情はもうすこし込み入っています」

「どのように?」

「当時ドイツでは、数年にわたって大きな論争がありました。第三帝国時代のあらゆる犯罪が一九六〇年以降時効になったのです。ただし殺人行為だけはちがいました。殺人行為についてはさらに追及をつづけようとしたのです。しかしそのとき、驚天動地の出来事が起こったのです」

「なにがあったのですか?」

もちろんライネンは答えを知っていた。だが、なにが問題か、法廷内のすべての人に理解してもらうためには、そうやって参考人を誘導する必要があった。

「一九六八年十月一日、ある法律が人目を引かないまま発布されたのです。EGOWiG、つまり秩序違反法に関する施行法です。この法律はまったく重要ではないと思われたため、連邦議会で一度も議論されませんでした。連邦議会議員はただのひとりとして、この法律がなにを意味するか理解していなかったのです。この法律が歴史を変えるかもしれないと、だれも見抜けなかったのです」

「もうすこし詳しく説明してくれますか」

「すべての元凶はエドゥアルト・ドレーアー博士でした。ドレーアー博士は第三帝国時代、インスブルック特別法廷筆頭検事でした。この時期の博士については、あまり知られていません。しかしわかっていることだけでも、恐ろしいものです。たとえば食料品を盗んだ者に死刑を求刑しました。数枚の衣料配給券を不法に買った女にも死刑を望みました。結局、禁固十五年の刑が言い渡されましたが、ドレーアー博士は納得せず、その女を労働教育収容所送りにしたのです」

「労働教育収容所？」

「強制収容所に近いものです」シュヴァーンはいった。「無条件降伏後、ドレーアー博士はドイツ連邦共和国で弁護士になりました。そして一九五一年、連邦法務省に入省し、彼の出世街道がはじまりました。ドレーアー博士は連邦法務省の総括審議官となり、刑法局局長を務めました」

「ドレーアー博士の過去は知られていたのですか？」

「そうです」

「それでも採用されたのですね？」ライネンはたずねた。

「そうです」

「問題の法律では、なにが起きたのですか？」

「法の規定するところによって、謀殺犯はナチの最高指導部の人間だけに絞られ、他の者たちは全員、謀殺の幇助者として扱われることになったのです。例外はごくわずかでした」

「つまりヒトラー、ヒムラー、ハイドリヒなどは謀殺犯だが、その他はただの幇助者ということですか？」

「そうです。彼らは命令を受けただけの者とみなされたのです」

「しかし……それでは、第三帝国にいたほとんどの者が命令をただ実施しただけになりませんか？」ライネンはいった。

「そのとおりです。法の規定するところによれば、命令を実施した兵士はすべて、ただの幇助者なのです」

「ということは」ライネンはたずねた。「省内のだれかがその執務室から強制収容所へユダヤ人を送り込んだ場合、その人物は法の規定するところによれば、有罪にならないということですか？」

「そうです。自らは手を下さない『机上の犯人』は全員、法の規定するところによってただの幇助者になったのです。彼らはひとりとして、法廷で謀殺犯として認定されませんでした」

「わたしには、ばかげているとしか思えませんが、それはともかく、この区別は刑事訴追に適用されたのですか？」

「はじめは適用されませんでした」

「しかし驚天動地のことが起きたといいましたね」

「ドレーアー博士が起草したこの秩序違反法に関する施行法は、時効成立期間を短くしたのです。この小さな法律は無害に見えたので、だれもなにが起こるか見抜けませんでした。十一ある州司法部、連邦議会、連邦参議院、法務委員会、すべての人間が居眠りしていたというしかありません。最初にこのスキャンダルに気づいたのは報道機関でした。みんな、目を覚ましましたが、そのときはすでに手遅れでした。簡単にいいますと、この法律のせいで、特定の謀殺幇助者は謀殺犯としては裁くことができなくなりました。故殺犯としてしか裁けなくなったのです」

「ということは、つまり……」

「……つまり、故殺の時効は十五年なので、幇助者である彼らの犯行がこの秩序違反法に関する施行法によって突然、時効になったのです。犯人が無罪放免になったのです。考えてみてください。同時期にベルリンでは、検察局が国家保安本部に対する大がかりな訴訟手続きの準備に入っていました。この法律が発布されたことにより、検察局はこれを棚上げするしかなくなりました。ポーランドやソ連で大量殺戮（さつりく）をおこなった国家保安本部の官僚たち、ユダヤ人や司祭や共産主義者やロマの人たち数百万人の死に責任を負っていた人人を罪に問えなくなったのです。ドレーアー博士の法律は特赦以外のなにものでもありませんでした。ほとんどすべての人にとって、血の通わない特赦（とくしゃ）となったのです」

「しかし、どうしてその法律を撤回できなかったのですか？」

「それが法治国家の原則だからです。犯罪行為が一度時効になったとき、それを取り消すことは決してできないのです」

ライネンは立ち上がった。裁判官席まで進むと、裁判長が手元に置いていた灰色の注釈書（コンメンタール）の一冊を手に取った。ライネンはその本を参考人のほうへ差しだした。

「恐縮ですが、ドレーアー博士というのは、このドレーアーですか？　刑法注釈書のなかでももっとも普及しているこの本を書いたエドゥアルト・ドレーアー博士ですか？　これは今でも裁判官、検察官、弁護人のほとんどすべてが机上に置いていますね」

「そのとおりです」シュヴァーンはいった。「『ドレーアー＝トレンドレ注釈書』の共著者です」

ライネンは注釈書を裁判長の席にもどしてから、自分の席に腰をおろした。

「ドレーアー博士は責任を問われたのですか？」

「いいえ。ドレーアー博士がただミスを犯しただけなのかどうかは、今もって明らかにされていません。ドレーアー博士は一九九六年、惜しまれつつ亡くなりました」

「わたしたちの審理に話をもどしましょう」ライネンが立ち上がっていった。「ハンス・マイヤーがおこなったパルチザンの射殺については厳しい条件はあるものの、当時の国際法に照らせば原則的に許されるものだったと先ほどいいましたね。一九六〇年代に裁判所と検察局はハンス・マイヤーをどう評価していたのでしょうか？　殺人犯でしたか、それとも幇助者でしたか？」

「もちろんあくまで理論上ですが、ハンス・マイヤーの行為を当時の他の審理と比較した場合……あのパルチザンの射殺は法廷で残虐なものとは認定されなかっただろうと思います」

「今ならどうですか？」ライネンはたずねた。

「ドイツ国民の大半がはじめて、当時の残虐行為と向き合ったのは、フランクフルトで一九六三年から六五年にかけておこなわれたアウシュヴィッツ裁判でした。しかし国民感情が大きく変化したのは一九七〇年代の終わりからです。当時、アメリカの連続テレビドラマがドイツで放映されました。『ホロコースト』です。毎週月曜日に一千万から一千五百万の視聴者がこのドラマを見て、議論が沸き起こりました。わたしたちは一九五〇年代、六〇年代とはちがう時代に生き、ちがう判断をしています」

「その結果どうなるのでしょうか？」ライネンはたずねた。

「パルチザンは、マイヤーの命令で穴に撃ち落とされました。彼らは目隠しをさせてもらえませんでした。彼らは先に死んだ者が穴に落ちるところを見せられました。目の前で仲間を殺す銃声の音を聞かされたのです。処刑現場までの輸送は一時間を超えました。彼らはそのあいだずっと自分が死ぬことを考えたと思います。穴へ撃ち落とすというやり方は、強制収容所における大量射殺を思い起こさせます……それでもドイツ連邦の裁判所は、この事実について一般感情とはちがう判断を下すでしょう。ハンス・マイヤーは謀殺の幇助者として認定されるはずです」

「しかし、そうだとすると、認定してもなんの意味もなかったということに……」

「はい、そのとおりです。マイヤーの行為はそれゆえ時効とされました。法と司法が、彼を守ったのです」

「ありがとうございます、シュヴァーン博士」

ライネンはまた自分の席に腰をおろした。疲れ切っていた。

参考人のシュヴァーンを宣誓なしで退室させたあと、裁判長はこういった。

「今日はこれにて今回の公判を終了します。新しい証言に鑑みて、今後、数週間にわたる公判をどのように進めるか、裁判官側で協議することになります。来週以降の月曜日と木曜日は公判のために時間を空けておいてください。公判は来週の木曜日この法廷でおこなわれます。ごきげんよう」

法廷からしだいに人がいなくなった。ライネンはすわりつづけていた。コリーニはしばらく黙っていた。ライネンはコリーニの邪魔をしたくなかった。そのうち、コリーニが我に返った。

「うまくいえないんだけどね、ライネンさん。おれたちが勝つことはない、それだけはいっておきたい。おれの国に、死者は復讐を望まない。望むのは生者だけ、という言葉がある。このところ毎日、収監房のなかでそのことを考えているんだ」

「含蓄のある言葉ですね」ライネンはいった。

「ああ、含蓄のある言葉さ」そういうと、コリーニは立ち上がって、ライネンに手を差しだした。

巨漢のコリーニは、拘置所へ通じる小さなドアをくぐるために身をかがめなければならなかった。刑務官が彼のあとからドアを閉めた。

法廷の扉の前で、マッティンガーが待っていた。葉巻をくわえていた。ライネンを見つけると、相好(そうごう)を崩した。

「ブラヴォー、ライネン弁護士。打ち負かされたのは久方ぶりだ。いい線いっていたぞ。おめでとう」

ふたりは連れだって表玄関へ通じる階段を下りた。

「ところで、わたしが館長を参考人として召喚することを知っていたのかね?」マッティンガーはたずねた。

「ええ、あなたのいうとおり知っていました。シュヴァーン博士とわたしは、ルートヴィヒスブルクで意気投合していたのです。あなたが彼女に連絡したあと、電話をもらいまして、おかげで準備をすることができました」

「上出来だ。それが裁判に勝つ秘訣(ひけつ)だ。おそらくこの瞬間、きみはこの国で一番人気のある弁護士になっているだろう。しかしながら、ライネン君、それでもきみはずるをした」

老弁護士は葉巻を吸い、紫煙を吐いた。「裁判官は政治的な判断をしてはならないんだ。ハンス・マイヤーが当時正しい行動をしたのなら、われわれは今もそのことで彼を非難することはできない」

ふたりは表玄関から外に出た。

「それはちがうと思いますよ」ライネンはしばらくしていった。「ハンス・マイヤーがしたことは、客観的に見ていつの時代でも残虐なことです。一九五〇年代、六〇年代の裁判官なら、彼に無罪を言い渡したかもしれません。そのことに関しては変えようがありませんが、現在の裁判官がそういう判断をしなくなったのなら、それはわたしたちが進歩したということでしょう」

「わたしがいいたいことはまさにそこだよ、ライネン君。それが時代精神というものだ。わたしは法を信じている。きみは社会を信じている。最後にどちらに軍配があがるか、見てみようじゃないか」マッティンガーは微笑んだ。「とにかくわたしはこれから休暇を取る。この裁判はもううんざりだ」

裁判所の正面玄関を出たところにマッティンガーの車が止まっていて、その前でお抱え運転手が待っていた。

「そうだ。ヨハナ・マイヤーが昨日、法律顧問のバウマンをクビにしたことは知っているかね？　あの愚か者はきみに賄賂をつかませようとしたそうじゃないか。そのことを聞き知って、彼女は激怒した」

マッティンガーが車に乗り込むと、お抱え運転手がドアを閉めた。マッティンガーは窓ガラスを下ろした。

「それから、この裁判のあとも刑事弁護人をやっていきたいのなら、ライネン君、わたしのところへ来たまえ。きみなら喜んでパートナーに……」

車は走り去った。ライネンは、車が流れのなかに消えるまで見送った。

19

ライネンが目を覚ますと、外はすでに明るくなっていた。小さなバルコニーに通じる両開きのドアが開けっ放しだった。七時。あと二時間で第十回公判がはじまる。下着とTシャツ姿のまま台所へ行き、コーヒーをいれ、タバコに火をつけた。廊下から新聞を拾い上げると、ガウンを着て、コーヒーカップを手にしてバルコニーに出た。

九時頃、法廷に入ると、公判は十一時に開始することになった、と廷吏から伝えられた。「裁判長の指示です」といわれて、ライネンは肩をすくめ、ローブとファイルを自分の席に置き、アタッシェケースだけ持ってカフェ・ヴァイラースに入った。風はまだ冷たかったが、外にすわることを選んだ。ジャーナリストがひとり、ライネンの近くにやってきた。その男は大きな声で編集部と電話をしていた。

「公判開始時間がずれました。理由はわかりませんが、弁護人がなにか新たな申請をしたんじゃないかと思います」

その弁護人が自分であることに気づかれずにすみ、ライネンはほっとした。彼は裁判所に入っていく人たちを眺めた。被告人、証人、教師に引率された児童たち。タクシードライバーが表玄関に駐車して、警官と押し問答している。ライネンはアタッシェケースの柔らかい革をなでた。染みがついていて、二ヶ所裂け目があった。国家試験のときに父からもらったものだ。ライネンの祖父が戦後、パリで買ったものらしく、祖母が愕然とするほど高額だったという。だが、そのアタッシェケースはよくもった。いつしか祖父とアタッシェケースは一心同体となっていた。

「いいカバンはよくもつ」祖父はいつもそういっていた。

十一時すこし前に、ライネンはふたたび法廷に入った。公訴参加代理人の席は空いている。ライネンは背後にあるガラス張りの檻のほうを振り返った。

「わたしの依頼人は？」ライネンは廷吏にたずねた。青灰色の制服を着た廷吏はかぶりを振った。ライネンが、どういうことかたずねようとしたとき、裁判長が法廷に入ってきた。

「おはようございます」裁判長はいった。「おすわりください」声の調子がいつもとちがう。裁判長は立ったまま、裁判関係者、傍聴人が静まるのを待った。

「裁判長、わたしの依頼人がまだいません。出廷していなければ、はじめられませんが」ライネンはいった。

「わかっています」裁判長は静かに、やさしく聞こえる口調でいった。それから裁判関係者と傍聴人のほうを向いた。「被告人ファブリツィオ・マリア・コリーニは昨夜、収監房で自殺しました。法医学者が午前二時四十分に死亡を確認しました」裁判長は、全員が事の次第を理解するのを待ってつづけた。「したがいまして、以下の決定を告知しなければなりません。被告人に対する訴訟手続きを中止します。弁護料および必要経費は国庫より支払われます」

どこかでペンが一本落ちて、床を転がった。このとき法廷で聞こえた音はそれだけだった。書記官がキーボードを叩きはじめた。裁判長は待った。それからまたいった。

「みなさん、第十二大刑事部での本件の審理はこれにて終わります」

裁判官と参審員がほぼ同時に立ち上がって、法廷をあとにした。

あっというまの出来事だった。ライマース上席検察官はかぶりを振り、書類になにか書き込んだ。

報道陣は新聞社やラジオ局やテレビ局に電話をかけるため、我先に法廷から飛びだした。ライネンはそのまますわりつづけ、コリーニがいつも腰かけていた椅子を見つめた。椅子のカバーの四隅が薄くなっていた。廷吏が〝弁護士宛〟と書かれた封筒を持ってきた。封がしたままだった。

「あなたの依頼人からです。収監房の机の上にのっていました」

ライネンは封を切った。なかには一枚の写真が入っていた。小さなモノクロ写真。ぼろぼろで、縁が黄ばんでぎざぎざになっていた。写真の少女は十二歳くらいで、白いブラウスを着て、じっとカメラを見つめている。ライネンは写真をひっくり返してみた。裏面には依頼人の読みづらい書体で〝これがおれの姉だ。いろいろ面倒をかけた〟と書いてあった。

ライネンは立ち上がると、椅子の背をなで、自分の書類を片付けた。そして横の出口から裁判所を出て、家に帰った。

ヨハナが彼の家の前の外階段にしゃがんでいた。薄いコートの襟を立て、胸元で押さえていた。彼女の手は白かった。ライネンはとなりにすわった。

「わたし、すべてを背負っていかないといけないのかしら?」ヨハナがたずねた。唇がふるえていた。

「きみはきみにふさわしく生きればいいのさ」ライネンはいった。

家の前の遊び場で、子どもがふたり、緑色のバケツをめぐって喧嘩をしていた。あと数日もすれば、暖かくなるだろう。

補遺

ドイツ刑法典五十条は一九六八年九月三十日まで以下のとおりだった。

（1）多数の者がひとつの行為に関わった場合、その者たちは他人の罪を考慮することなく、その者の罪によって有罪となる。

（2）特別な一身的性質または関係が罪を加重、減軽（げんけい）または免除すると法が規定する場合、この性質または関係の存する正犯者または共犯者にのみ、これは帰責される。

秩序違反法に関する施行法の第一条第六項が一九六八年十月一日（官報第一部五百三頁）に発布され、その後、ドイツ刑法典五十条に新たな項が追加され以下のとおりになった。

（1）多数の者がひとつの行為に関わった場合、その者たちは他人の罪を考慮することなく、その者の罪によって有罪となる。

（2）正犯者として罰しうると根拠づけられるだけの特別な一身的性質または関係が共犯者に欠如する場合、その刑は共謀罪の規定に従って減軽される。

（3）特別な一身的要素が罪を加重、減軽または免除すると法が規定する場合、その要素の存する正犯者または共犯者にのみ、これは帰責される。

クラウス・フリングスに感謝する。彼のアイデアと調査がなければ、本書を書くことは叶わなかっただろう。

本書が出版されて数ヶ月後の二〇一二年一月、
ドイツ連邦共和国法務大臣は法務省内に
「ナチの過去再検討委員会」を設置した。

単行本版訳者あとがき

＊本作の内容に具体的に触れています。
まずは本文を先に読まれますようおすすめします。

フェルディナント・フォン・シーラッハは「フォン・シーラッハ流 罪と罰」と題したインタビュー（「ミステリーズ！」vol. 51）で興味深いことをいっている。

「聖ブラジエン校で学んでいたとき、クラスメイトにはシュタウフェンベルクやリッベントロップの孫がいました。私の初恋の相手はヴィッツレーベンの孫娘でした。私の名前は私生活ではなんの意味も持ちませんでした」

聖ブラジエン校は本書でも、主人公ライネンが入っていた学校のモデルとなっている。短篇集『罪悪』に収録されている「イルミナティ」の舞台になる学校でもある。イエズス会が運営するドイツのミッション系エリート校で、政財界に名士を多く輩出していることで知られている。そこに集った学友の名をシーラッハは挙げているわけだが、彼らの祖父がだれなのかを知ると、この交友関係には驚きを禁じ得ないだろう。

クラウス・フォン・シュタウフェンベルク伯爵は第二次大戦中の参謀大佐で、一九四四年七月二十日、ヒトラー暗殺に失敗し、銃殺刑に処された。

ヨアヒム・フォン・リッベントロップはヒトラー内閣の外務大臣で、のちにニュルンベルク裁判により絞首刑に処された。

エルヴィン・フォン・ヴィッツレーベンは第二次大戦中のドイツ国防軍陸軍元帥で、シュタウフェンベルク伯爵と共にヒトラー暗殺計画に加担して、一九四四年に処刑された。

そして著者の祖父バルドゥール・フォン・シーラッハはナチ党全国青少年指導者、ウィーン大管区指導者を歴任したナチ独裁政権の中心人物のひとりで、ニュルンベルク裁判により禁固二十年の判決を受けた。

著者と同じ学年にはこの他にも、ヒトラー政権のもとで軍需大臣を務めたアルベルト・シュペーアや、ヒトラー暗殺計画に参加し、一九四四年に処刑されたフェルディナント・フォン・リューニックの孫もいたという。

著者の祖父バルドゥール・フォン・シーラッハが刑期満了で釈放されたのは一九六六年、著者が二歳のときだ。四歳のとき、曾祖父が第一次世界大戦前にシュトゥットガルト近郊に造営した広大な庭園のある屋敷に移り住んだ著者は、父に釣りや狩猟によく連れていってもらったという。祖父バルドゥールは杖のコレクションをし、その杖に酒瓶や時計を仕込んでいたらしい。もちろん細い剣(フルーレ)を仕込んだ杖も一本あった。祖父とは毎日散歩したという。

著者が六歳の頃、祖父と別居することになった。その後、会ったのは祖父が亡くなる前に一度だけ。祖父の墓碑(一九七四年没)には「わたしはおまえたちのひとりだった」と刻まれている。

聖ブラジエン校に入学するのは著者が十歳のとき。そして祖父の過去をはじめて知ったのは十二歳。祖父との思い出を語った「きみはきみらしく生きればいい」というエッセイ(DER SPIEGEL 36, 2011)で、シーラッハはそのときの体験をこう書いている。

「十二歳のときはじめて彼【祖父のこと】がだれか理解した。歴史の教科書に〝ナチ党全国青少年指導者バルドゥール・フォン・シーラッハ〟の写真がのっていたのだ。教科書に自分の姓がのっていた。今でもそれが目に浮かぶ。隣のページにはクラウス・フォン・シュタウフェンベルクの写真があり、〝抵抗運動の闘士〟というキャプション。闘士の方がはるかに響きがいい。わたしの隣の席にはその闘士の孫のシュタウフェンベルクがすわっていた。わたしたちは今でも交際している。彼もまた当時のことをわたしと同じように知らなかった」

初めての長篇である本書『コリーニ事件』は、こうした出自を持つ著者が祖父の世代の犯罪に真っ向から取り組んだ作品だといえる。

六十七歳のイタリア人元自動車組み立て工コリーニが、八十五歳のドイツ経済界の重鎮ハンス・マイヤーを惨殺するところから話がはじまる。主人公である駆けだし弁護士ライネンはコリーニの国選弁護人を買ってでるが、被害者であるハンス・マイヤーが少年時代の友の祖父であることを知り、公職と私情のあいだで揺れ動く。

中盤からいよいよ審理がはじまる。ここから被害者側の公訴参加代理人となった老獪な弁護士と丁々発止の舌戦がはじまる。ドイツ有数の現役の刑事弁護士として知られる著者のまさに腕の見せ所だ。著者はドイツのボン大学で法学を専攻し、一九九四年から刑事事件専門の弁護士として活動している。ドイツ政界を揺るがすスパイ事件や映画俳優クラウス・キンスキー名誉毀損事件など社会の関心を呼ぶ事件を多く手がけてきた。

そうした経歴の著者だからこそ、本書の法廷小説としてのおもしろさは群を抜いている。コリーニの犯行は明白だ。主人公にできることは減刑を求めるくらいしかなさそうに見える。そこで主人公がどういう切り札をだすか。一介の元労働者と経済界の重鎮、一見なにひとつ接点がないように見えた加害者と被害者を結びつける思いもかけない過去が浮かび上がってくる。
それを通して見えてくるものは、著者の深い人間観だろう。短篇集『犯罪』と『罪悪』で普通に暮らす人が犯罪者になる瞬間を描いたのとも通底する。『犯罪』の原書新版（二〇一二年、文庫版に所収）には「序」が添えられていて、そこにこんな一文がある。

「私たちは生涯、薄氷の上で踊っているのです。氷の下は冷たく、ひとたび落ちれば、すぐに死んでしまいます。多くの場合、氷は多くの人を持ちこたえられず、割れてしまいます。私が関心をもっているのはその瞬間です」

この物語の加害者と被害者はたしかに薄氷の上の踊り手だ。しかしシーラッハの人間観ではすべての人間がそういう踊り手なのだ。主人公がなにげなく言葉を交わすパン屋の主人ですら、薄氷から逃れられはしない。彼のその後の顚末については短篇「パン屋の主人」（「ミステリーズ！」vol. 51）で語られているので、ぜひ読んでみてほしい。
そして本書の主人公もまた、じつはずっと薄氷の上で踊りつづけている。この物語の中でも、実際に薄氷が割れて水に落ちるものがいる。主人公の父の猟犬だ。父の世界は単純明快で、父にとって飼い主の命令を聞かず、勝手に獲物を捕ろうとした犬は猟犬失格だった。だが主人公から見たらどうだろう。負けるとわかっている裁判の弁護を敢えて引き受ける彼にとっては。主人公の父は、ライネンが刑事弁護士になることを知ったとき、息子に思いとどまるよう説得しようとした。「あんな仕事についたら、まっとうな人間ではいられなくなるぞ」といって。だが主人公は、いつ割れるとも知れない薄氷という込み入った世界の上へと自ら進んで足を踏みだす。

「込み入った」という言葉は『犯罪』の原書新版の「まえがき」にも出てくる。おそらくシーラッハが「罪」とはなにかを考える原体験となり、短篇集『犯罪』を書くきっかけとなったエピソードだ。その部分をここで紹介しよう。

「裁判官だったわたしのおじは戦争中、海軍にいました。左腕と右手を砲弾で吹きとばされました。それでも長いあいだ諦めることはありませんでした。おじはいい裁判官だったといわれています。人間的で、正直で公正な人だと。おじはよく猟にでかけました。小さな猟場をもっていたのです。ある朝、森に入ると、二連の散弾銃を口にくわえ、手のない右腕で引き金を引きました。おじは黒い丸首セーターを着ていました。上着は枝にかけてありました。頭ははじけ飛びました。ずっとあとになって、私はそのときの写真を目にしました。おじは親友に短い手紙を残しました。そこには、もう充分だ、と書いてありました。その手紙は次の言葉ではじまります。「物事は込み入っていることが多い。罪もそういうもののひとつだ」おじを失ったことが今でも寂しくてなりません。毎日思いだしています」

では込み入ったことに敢えて首を突っ込んだ主人公は、この小説で最終的にどういう境地に至るのだろう。本書を読んでくださった方がそれぞれに感じ取ればいいことかもしれないが、核心はたぶん被害者ハンス・マイヤーの孫娘ヨハナと主人公ライネンの最後の会話にある。「わたし、すべてを背負っていかないといけないのかしら?」というヨハナの問いに、さてライネンはどう答えたか。

そのヒントはすでに本書のエピグラフに潜ませてある。これはアーネスト・ヘミングウェイの短篇小説『キリマンジャロの雪』の一節だ。『キリマンジャロの雪』の有名な冒頭の一節を思いだしながら、ぜひライネンの心に寄り添ってもらいたいと思う。

「(キリマンジャロの)西の山頂のすぐそばには、ひからびて凍りついた一頭の豹の屍(しかばね)が横たわっている。そんな高いところまで、その豹が何を求めてきたのか、いままで誰も説明したものがいない」(角川文庫版　龍口直太郎(たつのくちなおたろう)訳)

ここからはこの小説をより深く味わう一助となりそうな情報を点描したい。

まずはこの小説の主な舞台となるベルリン。ベルリンには過去の歴史が澱（おり）になって重なっている。街をすこし歩けばナチをはじめとする過去を記念する碑（いしぶみ）にあちこちで出合う。それは目を惹く大きな記念碑にとどまらない。

たとえば歩道を歩いていると、道に埋め込まれている十センチ四方の真鍮（しんちゅう）プレートに出合うことがある。よく見ると、そこにはナチ政権下で虐殺された人たちの名前、生年月日、命日、死亡した場所が刻まれている。「つまずきの石（Stolpersteine）」と呼ばれる記念碑で、ケルン在住のアーティスト、デムニヒが一九九〇年代後半に五十五個をベルリンに埋めたのがはじまりだ。現在ではドイツ国内を中心に世界各地に埋められているという。本書の主人公ライネンはベルリン市内でちょうどこの「つまずきの石」にあたるものに要所要所で出合う。

たとえば公判のあと街に出た主人公が見かける「焚書を警告する記念碑」。一九三三年五月十日、ナチによって焚書がおこなわれたベルリンのベーベル広場（旧オペラ広場）中央の地面を掘り下げてつくられた記念碑で、深さが二メートル以上あり、四角い真っ白な空（から）の書架を上からただ覗き込むようにできている。作者はイスラエルの彫刻家ミハ・ウルマン。

主人公が公判の休憩時間に裁判所近くの公園で見かけるアルブレヒト・ハウスホーファーの記念の銘板。ハウスホーファーは地政学者で、シュタウフェンベルクやヴィッツレーベンらと共に一九四四年七月二十日のヒトラー暗殺未遂事件に関わり、ベルリン陥落直前の一九四五年四月二十三日に処刑された。その後、彼が着ていたコートのポケットから獄中で記された八十篇からなる詩が発見され、一九四六年『モアビート・ソネット』という題で公刊された。反ナチ抵抗運動の貴重な記録のひとつとされている。

本書に登場する人物についてもすこし触れておこう。ハンス・マイヤーにはモデルがいる。第二次大戦中、親衛隊保安部ジェノヴァ管区司令官で「ジェノヴァの死刑執行人」という異名をとったフリードリヒ・エンゲル（一九〇九―二〇〇六）だ。司令官在任中の一九四四年、パルチザンによるテロへの報復として五十九人の射殺を命令したとされる。二〇〇二年に一度は禁固七年の判決を受けたが、ドイツ連邦裁判所は証拠不十分で正犯者とはみなさず、それによって時効が成立しているとして、先の判決を破棄した。

フリードリヒ・エンゲルが時効とみなされる根拠となるのが、本書でも話題になるエドゥアルト・ドレーアー（一九〇七―一九九六）による秩序違反法に関する施行法だ。秩序違反法に関する施行法が多くのナチ犯罪者を時効にしたからくりは本書にくわしく書かれているとおりだ。

エドゥアルト・ドレーアーについてもすこし触れておこう。一九〇七年ドレスデン近郊のロッカウ生まれで、一九三七年にナチ党に入党、一九三八年から一九四五年の終戦までナチ体制下で検察官として活動し、一九四三年からはインスブルック特別法廷の筆頭検事に就任し、食糧の盗難事件などの軽微の窃盗犯に死刑を求刑したことが知られている。

戦後は一九五一年に西ドイツ法務省に入省し、一九六九年に退官するまでドイツ刑法の改正に大きな影響を与えたといわれている。一九六八年十月一日に発布された秩序違反法に関する施行法の草案作りは、まさに彼の現役最後の仕事となる。これによって、本書にあるように、一九六九年五月二十日、国家保安本部関係者の犯罪行為は連邦裁判所によって時効とみなされ、ベルリン検察局が準備を進めていた訴訟手続きは中止された。

ナチ時代の法制度の問題はその後、何度か議論になった。ドイツ連邦議会が、人民法廷を「ナチ支配のためのテロ組織」であったとみなし、その判決の法的効果をなくす決議をしたのは一九八五年になってから。「刑事裁判におけるナチによる不当な判決を廃止する法律」が公布され、人民法廷をはじめとする当時の裁判所がナチ政権のためにおこなった刑事裁判の判決をすべて取り消したのは一九九八年のことだった。

その一方、ナチ犯罪の共犯者に対する時効の問題は長いあいだ手つかずにきたが、本書の出版がきっかけで、ドイツ連邦法務省は二〇一二年、ナチの過去再検討委員会

Unabhängigen Wissenschaftlichen Kommission beim Bundesministerium der Justiz (BMJ) zur Aufarbeitung der NS-Vergangenheit を立ち上げた。

まさに小説が政治を動かしたといえる。

さて、本書を上梓した後のシーラッハの作家としての動向だが、二〇一二年十一月に新しい短篇集 *Carl Tohrbergs Weihnachten*（『カールの降誕祭』）がドイツで出版され、今年二〇一三年後半に新たな長篇を発表する予定だ。近い将来また新しいシーラッハの世界を日本に紹介できたらと思っている。

文庫版に寄せて

文庫版の出版にあたって、単行本出版以降の作者の精力的な活動を追記したいと思う。二〇一三年に、本書につづく第二長編『禁忌』（東京創元社刊）が出版された。本書が作者の祖父を含むドイツ人の過去との対決の書であるとしたら、『禁忌』は作者の自伝的要素を含んだ小説といえるだろう。

その後、二〇一四年にエッセイ集 *Die Würde ist antastbar*（人間の尊厳は侵しうる）を出版し、二〇一五年には戯曲『テロ』（東京創元社刊）を上梓するなど、小説以外にも表現活動の幅を広げた。『テロ』はドイツ語圏だけでも五十ヶ所を超える劇場で上演され、大きな反響を呼んでいる。

『テロ』を巡っては面白い体験をしている。『テロ』に先立って、『禁忌』を日本で劇化する話（二〇一五年に深作健太（ふかさくけんた）演出「TABU タブー～シーラッハ『禁忌』より～」として新国立劇場小劇場ほかで上演）が持ち上がり、このことについてメールで著者に打診をしたときだ。その返事の中で著者は、今ちょうど自分も戯曲を執筆しているところだ、と書いてきた。二〇一四年のことだった。それから半年ほどして、できあがった原稿がＰＤＦファイルで送られてきた。旅客機がドイツ領空でテロリストによってハイジャックされ、緊急発進した空軍パイロットがその旅客機を撃墜したという設定で、このパイロットの行為が有罪か無罪かを問う裁判劇だ。まさしく、その後『テロ』として発表された作品の草稿だった。この裁判劇では観客が参審員として最後に判決を下す。その斬新な設定に度肝を抜かれたのを今でもよく覚えている（二〇一七年九月現在、参審員となった観客総数は全世界で三十五万人弱、約六十パーセントが無罪判決に票を入れている）。じつはこの戯曲の構想はもっと早い時期から存在していて、二〇一四年発表のエッセイ集 *Die Würde ist antastbar* の表題作で、すでにこういうケースの是非を問う議論が詳細に書かれている。そこで言及される判例の多くが、戯曲の中でもじつにうまく活用されている。

　なお『テロ』は、二〇一八年一月から、森新太郎演出、橋爪功主演で紀伊國屋サザンシアターＴＡＫＡＳＨＩＭＡＹＡと兵庫県立芸術文化センターで上演される予定だ。それに先立つ二〇一六年八月、この戯曲は「裁判劇 Terror」（深作健太演出）という朗読劇として橋爪功とピアニストの小曽根真によって東京の日経ホールと兵庫県立芸術文化センターで上演された。このときは四回の公演すべて有罪判決だった。次は観客の方々がどのような判決を下すか、結果が楽しみだ。

また、シーラッハの作品はここ数年、頻繁に映像化されている。二〇一二年公開のドーリス・デリエ監督「幸運」（同名原作は『犯罪』所収）を皮切りに、短編がテレビシリーズ化された（二〇一三年『犯罪』から六話、二〇一五年『罪悪』から六話。どちらも日本ではAXNミステリーで放映）。『テロ』が原作のテレビドラマ Terror - Ihr Urteil（テロ――みなさんの判決）も二〇一六年にドイツ語圏で放映され、こちらも日本では「裁判劇テロ」としてAXNミステリーで二〇一七年六月に初放映された（視聴者の判決は無罪）。つづいて『犯罪』所収の短編「エチオピアの男」を原作にした長編映画 Der weiße Äthiopier（白いエチオピアの男）が二〇一六年にドイツでテレビ放映され、二〇一七年九月 Schuld Season 2 として『犯罪』と『罪悪』から四話の短編がテレビシリーズとして発表された。

本書もまた、映画化（ハンス・シュタインビヒラー監督）が進んでいる。

二〇一七年には、ひさしぶりに出版物も刊行された。ドイツの映画監督アレクサンダー・クルーゲとの対談集 *Die Herzlichkeit der Vernunft*（理性の真心）がそれだ。

そして二〇一八年、いよいよ『犯罪』『罪悪』に連なる短編集がドイツで出版される。タイトルは *Strafe*（刑罰）の予定。その内容がどんなものか今から心待ちにしている。

二〇一七年九月　　　　酒寄進一

解説

瀧井朝世

文庫版で二〇〇ページ弱と決して長くはない小説なのに、濃密な大作を読んだかのような衝撃が残される。『コリーニ事件』はそんな作品だ。本国ドイツでは二〇一一年に刊行され、二〇一三年に邦訳が出た。

作者のフェルディナント・フォン・シーラッハは一九六四年にドイツ・ミュンヘンに生まれ、一九九四年からベルリンで刑事事件専門の弁護士としての活動を始め、二〇〇九年に短篇集『犯罪』（現・創元推理文庫）でデビュー。ドイツでもたちまちベストセラーとなり、三十か国以上で出版権が獲得され、本国ではクライスト賞、日本でも二〇一二年の本屋大賞「翻訳部門」第一位を獲得。二〇一〇年に第二作品集『罪悪』（現・創元推理文庫）を発表、本作は第三作にして初の長篇作品となっている。著者の祖父の経歴や、著者自身のその後の活動は「訳者あとがき」「文庫版に寄せて」に詳しいので割愛する。

どの作品も、簡潔で分かりやすい文体が特徴だ（もちろん、邦訳においては訳者の力量によるところも大きい)。無駄に感情を煽らず、抑制気味な文章だからこそ、ストレートに胸に迫り、喚起させられるものがある。『コリーニ事件』も、これほどまでの深刻かつ重大な事件をこのページ数で収めつつ、読後しばし呆然とさせる世界を提示するのは、的確な描写力があってこそのものだろう。

本作の主人公は新米弁護士のライネン。ベルリンで弁護士事務所を開いた矢先、舞い込んできたのは殺人犯の国選弁護人の仕事だ。六十七歳のイタリア人ファブリツィオ・コリーニが八十七歳のドイツ人資産家ジャン＝バプティスト・マイヤーを殺したという。引き受けた後になって彼は、被害者が少年時代の親友の祖父で、よく面倒を見てくれた人物だと気づき、後悔する。被害者側の控訴参加代理人であるベテラン弁護士、マッティンガーは辞任しようとするライネンにアドバイスする。

「ライネン弁護士、弁護人になりたいのなら、それ相応に振る舞わなければだめだ。きみはある男の弁護を引き受けた。いいだろう、それは過ちだったかもしれない。しかしながら、それはきみの過ちであって、依頼人の過誤ではない。きみは依頼人に責任がある」

一理ある。弁護士は職務において、私的感情で動くべきではない。依頼人に対して個人的にどのような思いを抱くにしても、法律にのっとって自分のベストを尽くさねばならないのだ。そうでなければ、人は真実ではなく特定の関係者の恣意的言動によって裁かれてしまうことになってしまう。

ライネンはコリーニの弁護を引き受ける決意をする。しかし当の被告は罪を認めたものの、動機を一切語ろうとしない。この残忍な事件の背後には一体何があるのか。ライネンは真実を突き止めようとする。殺人の方法からして残忍であり、そこには相当な憎しみがあると思われるが、しかし、資産家だった被害者は、そこまで人に憎まれるような人間ではなかったのだ。しかも、もう先は長くないと思われる八十代の老人を、なぜわざわざ殺す必要があったのか。ホワイダニットのミステリであり、リーガルサスペンスであり、社会派人間ドラマであり、若手弁護士の成長物語でもある本作は、それだけではなく、現代に通じる問題を強烈に我々に突きつけてくる。

＊＊＊

以降は、もちろん具体的な真相には触れないが、本作の特質を語るためにネタバレを含んでしまうので、本編読了後にお読みください。

＊＊＊

真相が明らかになった時に見えてくるのは、ドイツが抱える歴史的な痛みである。本書の作中で〝法律の落とし穴〟が指摘されたことがきっかけとなり、ドイツ連邦法務省は省内に調査委員会を立ち上げたという。フィクションの力を信じたくなるエピソードである。シーラッハの、法律家としてかつ小説家として優れた能力があったからこそとも言えよう。ただ、考えさせられるのは、本作が登場するまで、そうした法律の落ち度が指摘されず、隠されてきたことだ。意図的に隠してきたのか、単に誰もがあまりにも無自覚であったのかは分からない。ただ、この小説が本国でベストセラーになったことを思うと、この事実と真摯に向き合う人々が多かったのではないか。まったくの憶測にすぎないのだが、こうした自分や自分の国にとって目をそむけたくなる事実を、小説としての形で告発する著者の姿勢と、それを受け取る読み手側の姿勢に、素直に感銘を受けるのである。そして、こうした隠された不都合は他にまだないのだろうかという内省も促すのだ。

そう、本作はナチス時代の悲劇を暴いている。そうした小説は沢山ある。ただ、それがテーマだと聞くと、私たちの多くは、ユダヤ人問題を扱ったものだと思うのではないか。

だが本作で扱っているのは、ドイツ人とイタリア人の間に起きた出来事である。ナチスの人種差別とはまた別の次元での、あの時代の罪を暴き出しているのだ。これは、どの戦争、どの混乱の渦中でも起こりそうな、ある意味普遍性を持った事件であると言える。しかも戦後は悪人には見えなかったハンス・マイヤーは、おそらく戦前だってごく普通の市民だったと思わせる。彼は戦後を生き延びる中で、どのような思いを抱いていたのか。ライネンの少年時代、子どもたちの相手をしてくれた彼。自分が幼かった頃の、馬に怪我をさせてしまった顚末（てんまつ）を語ってさめざめと泣く彼。その正体は悪人だったと言えるだろうか。ごく平凡な、悪意のない市民が、時代の空気に呑まれて恐ろしい側面を表出させてしまったのだとすれば、状況が状況であれば、我々だって許しがたい行動をとってしまう可能性はあるのではないか。つまり、どんな人間でもああした時代には過ちを犯す可能性があるのだと、本作は提示しているのである。『コリーニ事件』は特殊な歴史的題材を扱ったミステリではなく、今なおこの時代を生きる自分たちにも、何かひとつ間違えれば、自分も過ちを犯す可能性があるのだという事実を提示し、警告を与えている。

一方、コリーニ側について考えてみよう。復讐譚（たん）を読むたびに感じるのは、人はそこまで憎しみを抱き続けるものなのか、という点である。もちろん彼ほどの体験をしていない身で何かを断言することはできない。ただ、どうしようもなく残酷な体験を通過した魂が、その後の人生で救われ、幸福になることはできないのだろうかという、独善的な思いにとらわれてしまう。コリーニに対して、相手を許せばよかったのにと簡単に言える人はいないだろう。彼の殺人行為を正当化するつもりはさらさらないにしても、その悲しみに同情をおぼえる読者は多いはずだ。人生には取り返しのつかないことがある。まったく落ち度がなくとも、突然真っ暗闇のどん底に突き落とされることがある。その魂を救うには、何か方法はないのか。

ただ言えるのは、法律に落ち度さえなければ、彼は罪を犯さなかったかもしれない、ということだ。そしてその法律の落ち度が今そこに横たわる現実だからこそ、著者は題材として取り上げたのだ。法律ですべてが解決できるわけではないが、それでも人の罪が罪と認められる法の存在がこれほどまでに必要だと思わせる犯罪はなかなかない。それがコリーニ事件である。

ただ、そのことばかりに意識が向いていると、見落とすことがある。物語の最後で言及される、コリーニが〝弁護士宛〟として残した一枚の写真。彼が復讐を果たした本当の理由は、法廷が取り沙汰した法律の問題ではなく、そこからも零(こぼ)れ落ちて見過ごされてしまった、彼にとってたった一人の大切な存在のためではないのか。彼が本当に心にずっと抱き続けてきたのは、憎しみではなく、大切な人への愛情だったのではないか。そう悟らせるところが、本作の小説としての心憎い部分である。ここではじめて、読み手はコリーニの真の思い、真の動機、そして彼の孤独と哀しみを知ることになる。この残忍な殺人者に、はじめて本当の意味で人間味を感じることができるのだ。ただ法廷劇フィクションの駒として置かれた加害者という役割の登場人物ではなく、血肉の通った人間だったのだと、読者に気づかせる。こうした描き方ができるからこそ、シーラッハの作品はなんとも言えない深い余韻を残す。

過ちを犯した後、傷を負うのは当事者たちだけではない。ラストシーンで一人の女性がこうつぶやく。

「わたし、すべてを背負っていかないといけないのかしら？」

この言葉の重さ。ライネンは慰め(なぐさ)の言葉をかけるが、でもみな分かっている。彼女は今後、きっと〝すべてを背負って〟生きていってしまうだろう。憎しみの連鎖はそうやって、あまりにも重い負荷を周囲の人々の人生にも放り投げてくる。その鎖を断ち切るために、自分たちは何をどう受け止め、どのように行動するのか。それは人類が存在する限り、未来永劫(えいごう)にわたる課題でもある。

法律家としての目でもって世の中を見つめ、小説家としての力量でそれを極上のフィクションの形で提示し続けるシーラッハ。その訴える内容は、海を越えて私たちの心にも響いてくる。

本書はPiper Verlag GmbH, Münchenより刊行された*Der Fall Collini*（二〇一一年版）を底本とし翻訳出版した『コリーニ事件』（二〇一三年刊）の文庫化です。

訳者紹介　ドイツ文学翻訳家。主な訳書にイーザウ〈ネシャン・サーガ〉シリーズ、フォン・シーラッハ「罪悪」「禁忌」「カールの降誕祭」「テロ」、ノイハウス「深い疵」「白雪姫には死んでもらう」「穢れた風」、グルーバー「夏を殺す少女」「刺青の殺人者」他多数。

検印
廃止

コリーニ事件

2017年12月15日　初版

著　者　フェルディナント・フォン・シーラッハ
訳　者　酒寄進一（さかよりしんいち）

発行所　(株)東京創元社
代表者　長谷川晋一

162-0814/東京都新宿区新小川町1-5
電　話　03・3268・8231-営業部
　　　　03・3268・8204-編集部
URL　http://www.tsogen.co.jp
萩原印刷・本間製本

乱丁・落丁本は、ご面倒ですが小社までご送付ください。送料小社負担にてお取替えいたします。

ISBN978-4-488-18604-3　C0197

『夏を殺す少女』の著者が童謡殺人に挑む

TODESFRIST◆Andreas Gruber

月の夜は暗く

アンドレアス・グルーバー
酒寄進一 訳 創元推理文庫

「母さんが誘拐された」ミュンヘン市警の捜査官ザビーネは、離れて住む父から知らせを受ける。
母親は見つかった――大聖堂で、
パイプオルガンの演奏台にくくりつけられて。
遺体の脇にはインクの入ったバケツが置かれ、
口にはホース、その先には漏斗が。
処刑か、なにかの見立てなのか？
おまけに父が容疑者として勾留されてしまった。
ザビーネは父の嫌疑を晴らすべく、
連邦刑事局の腕利き変人分析官の捜査に同行する。
そして浮かび上がったのは、
ひと月半のあいだに、別々の都市の大聖堂で、
同様に奇妙な殺され方をした女性たちの事件だった。

HHhH＊LAURENT BINET

ゴンクール賞・最優秀新人賞受賞作

HHhH プラハ、1942年

ローラン・ビネ　高橋啓訳

ナチによるユダヤ人大量虐殺の首謀者ハイドリヒ。ヒムラーの右腕だった彼を暗殺すべく、亡命チェコ政府は二人の青年をプラハに送り込んだ。計画の準備、実行、そしてナチの想像を絶する報復、青年たちの運命は……。ハイドリヒとはいかなる怪物だったのか？　ナチとはいったい何だったのか？　史実を題材に小説を書くことにビネはためらい悩みながらも挑み、小説を書くということの本質を、自らに、そして読者に問いかける。小説とは何か？　257章からなるきわめて独創的な文学の冒険。

▶ギリシャ悲劇にも似たこの緊迫感溢れる小説を私は生涯忘れないだろう。(……）傑作小説というよりは、偉大な書物と呼びたい。　　——マリオ・バルガス・リョサ

▶今まで出会った歴史小説の中でも最高レベルの一冊だ。

——ブレット・イーストン・エリス

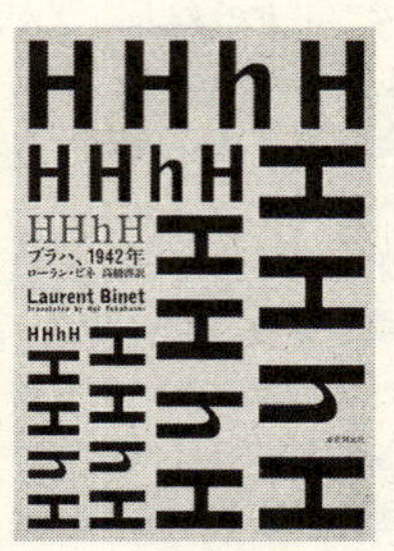

四六判上製